Franziska Gehm
Die Vampirschwestern
Ein bissfestes Abenteuer

Alle Abenteuer der Vampirschwestern:

Band 1: Eine Freundin zum Anbeißen
Band 2: Ein bissfestes Abenteuer
Band 3: Ein zahnharter Auftrag
Band 4: Herzgeflatter im Duett
Band 5: Ferien mit Biss
Band 6: Bissige Gäste im Anflug
Band 7: Der Meister des Drakung-Fu
Band 8: Bissgeschick um Mitternacht
Band 9: Ein Sommer zum Abhängen

Franziska Gehm

Die Vampirschwestern

Ein bissfestes Abenteuer

Loewe

www.vampirschwestern.de

FSC
www.fsc.org
MIX
Papier aus verantwortungsvollen Quellen
FSC® C014496

ISBN 978-3-7855-6109-6
7. Auflage 2013

Umschlag- und Innenillustration: Dagmar Henze
Umschlaggestaltung: Christian Keller
Printed in Germany

www.loewe-verlag.de

Inhalt

Für jeden Popo was

Elvira Tepes klemmte sich fünf Klobrillen unter den Arm. Dann hängte sie sich ihre Handtasche über die Schulter und gab ihrem Mann einen Abschiedskuss. Sein schwarzer Schnauzbart, der zwei riesengroßen Lakritzschnecken ähnelte, kitzelte. „Tschüss, mein Mihai. Schlaf gut!“

Mihai Tepes stand auf der Treppe zum Keller und lächelte seiner Frau nach. Als die Haustür ins Schloss fiel, gähnte er. Es war schon fast zehn Uhr morgens. Höchste Zeit, in den Sarg zu gehen. Langsam stieg Herr Tepes die Stufen hinab. Er konnte gar nicht glauben, dass er sich so schnell an das neue Zuhause gewöhnt hatte. Doch sein Heimweh blieb nach wie vor groß. Er vermisste die dichten transsilvanischen Wälder, seine Freunde und Verwandten. Er vermisste es, als richtiger Vampir zu leben.

Es war schon fast ein Monat vergangen, seit der Möbeltransporter aus Transsilvanien in den Lindenweg gebogen war. Mihai und Elvira Tepes waren mit ihren Töchtern Silvania und Daka in das Reihenhaus Nummer 23 eingezogen. Mihai Tepes, zweiter Sohn einer ehrwürdigen Vampirfamilie aus Bistrien, wohnte samt Sarg, Orgel und Rennzecken im Keller. Nicht ganz freiwillig.

Elvira Tepes hatte in der oberen Etage nicht nur ein Schlafzimmer besetzt, sondern auch eins der

Kinderzimmer, das ursprünglich für Silvania vorgesehen war. Dort lagerte sie 250 Klobrillen, die sie günstig in Rumänien erstanden hatte. Vor ein paar Tagen hatte sie ihren ersten eigenen Laden in der Innenstadt von Bindburg eröffnet. „Die Klobrille". Es war der erste Klobrillenladen der ganzen Stadt. Vielleicht sogar in ganz Deutschland. Oder im ganzen Universum. Silvania und Daka hatten ihrer Mutter bei den Vorbereitungen zur Eröffnung geholfen. Sie hatten den Werbeslogan von Frau Tepes an das Schaufenster geklebt: *Ich gestalte Klobrillen, ganz nach Ihrem Willen. Klobrillen nach Maß – für jeden Popo was!*

Frau Tepes hatte zu Anschauungszwecken bereits ein paar Klobrillen kunstvoll gestaltet. Sie hingen wie Ausstellungsstücke in einem Museum an der Wand des kleinen Ladens. Die Eröffnung war ein voller Erfolg gewesen. Zunächst waren nur Familie Tepes, Oma Rose und Opa Gustav und der Ladenvermieter Dr. Peter Steinbrück mit seiner Tochter Helene gekommen. Doch im Laufe des Tages verirrten sich immer mehr Schaulustige und Stadtbummler in den außergewöhnlichen Laden. Frau Tepes bekam sogar die ersten Aufträge: Ein Mann wollte eine hellblaue Plüschklobrille, passend zu seinem Badvorleger, und eine Frau wollte eine Klobrille bemalt mit Gummibärchen, damit sie ihren kleinen Sohn dazu brachte, statt auf das Töpfchen aufs Klo zu gehen.

Frau Tepes war sehr zufrieden. Mit ihrem Laden, dem Umzug zurück in ihre Heimat und mit ihrem Mann, der sich noch mal in aller Form bei Herrn

Dr. Steinbrück entschuldigt hatte. In einem nächtlichen Anflug von Eifersucht hatte er versucht, ihn zu beißen. Bei mehreren Kaffees, Tees und Sprudelwässern war es Frau Tepes gelungen, ihren Vermieter von der Harmlosigkeit ihres Mannes zu überzeugen. Zumindest dachte er jetzt, Mihai Tepes litte an einer unerforschten psychischen Störung: krankhafte Eifersucht mit Bisszwang.

Wäre es nur nach Mihai Tepes gegangen, hätte er freiheraus gesagt, wie es sich wirklich verhielt: Er war ein Vampir! Und darauf war er stolz. Er hasste es, sich zu verstecken. Aber er hatte es Elvira versprochen. Sie glaubte an Vampirjäger und fürchtete, alle Menschen würden entweder die Flucht ergreifen oder auf die Familie losgehen, wenn sie wüssten, dass ihr Mann ein Vampir und ihre Töchter Halbvampire waren. Dabei lebten Vampire, Halbvampire und Menschen in Transsilvanien friedlich zusammen. Na gut, nicht ganz so friedlich. Ab und zu verschwand schon mal ein unvorsichtiger Mensch. Aber er war selbst schuld, wenn er nicht aufpasste!

Mihai Tepes schloss die Kellertür, legte sich in seinen Sarg mit der Heimaterde und atmete tief ein. Er schloss die Augen und stellte sich vor, mit seinem Bruder Vlad durch die transsilvanischen Wälder zu fliegen, über rauschende Bäche hinweg und durch steinige Schluchten. Sie verspeisten genüsslich die Fliegen, die sich dabei in ihren Mund verirrten. Der Wind zerzauste Mihai die halblangen pechschwarzen Haare, während sie immer schneller flogen, geradewegs auf den Vollmond zu …

„Papa?“

Jemand klopfte kräftig am Sargdeckel. Mihai Tepes stöhnte. Er verabschiedete sich von seinem Traum, von Vlad, dem Mond und den transsilvanischen Wäldern. Dann öffnete er die Augen und stieß den Sargdeckel auf. „Was?“

Seine Tochter Daka, die sieben Minuten jüngere Zwillingsschwester von Silvania, hielt ihm den Telefonhörer entgegen. „Onkel Vlad.“

Herr Tepes fuhr sich durch die Haare. „Schon wieder?“

Daka nickte.

„Mitten am Tag?“

Daka nickte abermals.

Schließlich nahm Herr Tepes den Telefonhörer. „Danke“, sagte er und strich Daka kurz über ihre Stachelhaarfrisur. Erst gestern Nacht hatte Mihai Tepes mit seinem Bruder gechattet. Und vorgestern Nacht hatten sie sich im Fünfminutentakt SMS geschrieben. Herrn Tepes tat noch immer der Daumen weh. Anscheinend vermisste Vlad seinen kleinen Bruder in Transsilvanien genauso sehr wie der seinen großen Bruder in Deutschland.

„Hoi, Vlad“, meldete sich Mihai. Das Gespräch fand natürlich auf Vampwanisch statt. Einer der kompliziertesten und ältesten Sprachen der Welt. Vlad erkundigte sich nach der Familie, dann regte er sich über einen Nachbarn auf, der tagsüber Orgel spielte (und dazu noch schlecht), und schließlich kam er zu seinem Lieblingsthema: der Weltrevolution der Vampire aller Länder.

Mihai Tepes war über die Revolution aus früheren Gesprächen bestens informiert, deswegen hörte er nicht so genau hin. Er legte sich mit dem Telefonhörer am Ohr wieder in den Sarg, schloss den Deckel und brummte ab und zu „hm, hm". Herr Tepes brauchte dringend Schlaf. Seine Nachtschichten als Gerichtsmediziner am Institut für Rechtsmedizin waren doch anstrengender, als er gedacht hatte. Vor allem, wenn man neben der Arbeit noch ein paar leckere Blutkonserven mit nach Hause in die große Tiefkühltruhe schmuggeln musste.

Daka war wieder nach oben gegangen. Sie setzte sich neben Silvania auf die blutrote Couch im Wohnzimmer und stellte ihre nackten Füße in ein Katzenklo. Es gehörte Herrn Tepes und war am Boden mit Heimaterde bedeckt.

Silvania las in der neuesten Mädchenzeitschrift. „Fumpfs!", rief sie. „Lila ist total out, jetzt ist Kirschrot in." Sie starrte voller Entsetzen auf ihre lila lackierten Fingernägel.

„Tja, da hilft nur Fingerabhacken." Daka verdrehte die Augen.

„Übrigens ist der Punklook auch total out", sagte Silvania und zeigte auf die Seeigelhaarfrisur ihrer Schwester.

„Bei Menschen vielleicht."

Silvania seufzte. „Hallo! Guten Morgen! Wir sind jetzt bei den Menschen."

„Na und? Trotzdem bin ich ein Halbvampir." Daka fuhr sich mit der Zunge über ihre spitzen

Eckzähne. Es war höchste Zeit für Dentiküre. Sie sprang auf und holte ihre Zahnfeile aus dem Bad. Dann setzte sie sich wieder auf die Wohnzimmercouch und begann, an einem Eckzahn zu feilen. Es quietschte furchtbar.

Silvania verzog das Gesicht. „Was soll denn das jetzt?"

Daka setzte die Feile ab. „Dentiküre. Radikale Regel Nummer sieben." Frau Tepes hatte sieben radikale Regeln für die Töchter aufgestellt. Sie verboten den Halbvampiren zum Beispiel Fliegen bei Tageslicht, Flopsen, lebende Mahlzeiten und schrieben Dentiküre und Tragen von Sonnenschutz vor. Normalerweise hielt sich Daka nicht besonders an die radikalen Regeln. Aber wenn ihr langweilig war und sie ihre Schwester damit ärgern konnte, dann schon.

„Musst du das hier mitten im Wohnzimmer machen?" Silvania beugte sich zur Terrassentür. „Wo dich jeder sehen kann?"

„Meinst du den Komposttypen?" Daka winkte ab. „Der hat sich schon seit Tagen nicht mehr blicken lassen."

Dirk van Kombast, der unmittelbare Nachbar der Tepes, war tatsächlich seit Tagen wie vom Erdboden verschluckt. Dabei sah man ihn sonst regelmäßig, gut gebräunt und gut geföhnt, in seinem silbernen Sportwagen den Lindenweg entlangfahren.

„Vielleicht ist er auf extralange Vertreterreise gegangen", überlegte Silvania laut.

„Sag bloß, du vermisst ihn!"

Silvania warf ihrer Schwester einen mitleidigen Blick zu. Es war nicht zu fassen, was sieben Minuten Altersunterschied ausmachten! Daka hatte keine Ahnung von Männern, der Liebe und anderen grundlegenden Dingen. „Nur weil ich finde, dass er wahnsinnig gut aussieht, vermisse ich ihn doch nicht gleich."

„Wahrscheinlich hat er nach der Geschichte mit Rattatoi Angst, dass Papa ihn wirklich anzeigt, und hat sich erst mal aus dem Staub gemacht", sagte Daka.

Herr van Kombast hatte eine tote Ratte auf der Terrasse der Tepes gefunden. Mit eindeutigen Bissabdrücken. Herr Tepes (der seinen Mitternachtssnack auf der Terrasse vergessen hatte) konnte Dirk van Kombast davon überzeugen, dass es sich um das Haustier der Familie handelte. Offenbar hatte es ein tragischer Tod ereilt. Offenbar durch Herrn van Kombast. Er drohte dem Nachbarn mit einer Anzeige, woraufhin dieser die Flucht ergriff. Seitdem hatte sich Dirk van Kombast nicht mehr bei den Tepes sehen lassen.

Doch Dirk van Kombast war weder auf extralanger Vertreterreise, noch hatte er sich aus Angst vor einer Anzeige aus dem Staub gemacht. Dirk van Kombast war in den letzten Tagen mit den Vorbereitungen einer Reise beschäftigt gewesen. Er hatte den besten Anzug aus der Reinigung geholt, Flugtickets und ein Hotel gebucht, war noch mal zur Zahnreinigung gegangen und hatte schließlich seine Reisehausschuhe und seinen Laptop eingepackt. Sein Laptop war sein Gedächtnis, seine geheime Zentrale voller Beweismittel.

Vor zwei Tagen hatte Dirk van Kombast den Flieger nach New York genommen. Doch die Stadt, die niemals schlief, interessierte ihn nicht. Er war kein gewöhnlicher Tourist. Er war geladener Besucher der „VI. International Vamptology Conference". Endlich würde er mit vernünftigen, gleich gesinnten Menschen reden können.

Bevor Dirk van Kombast zum Vampirologenkongress aufgebrochen war, hatte er sich von seiner Mutter in der psychiatrischen Anstalt verabschiedet. Außer ihr, vermutete er, würde ihn niemand in Deutschland vermissen.

Silvania dachte an Rattatoi und musste kichern. Doch dann überkam sie ein langes Gähnen. Daka stimmte sofort in das Gähnen ein. Die Schwestern blinzelten zum Fenster, vor dem die Sonne schien.

„Wie schaffen es die Menschen nur, bei der Helligkeit wach zu bleiben? Da kneift man doch freiwillig die Augen zu", meinte Daka.

Silvania gähnte zur Bestätigung gleich noch einmal. Dann nahm sie die Hand vom Mund. „Diese schlaflosen Tage sind echt anstrengend."

„Ich werde mich nie daran gewöhnen, den Tag zur Nacht zu machen."

„Papa hat es gut mit seinem Job. Aber in der Schule werden sie extra für uns sicher keine Nachtschichten einführen", sagte Silvania.

„Na ja, immerhin konnten wir letzte Woche in Geschichte und Geo mal schön ausschlafen."

Das lag nicht daran, dass der Unterricht so langweilig war oder der Lehrer ein Schlafexperiment durchgeführt hatte. Herr Martin Graup, der Klassenlehrer der 7b und Lehrer für Geschichte und Geografie, war die ganze Woche krank geschrieben. Es hieß, ihm wäre eine Honigmelone direkt aus dem Himmel auf den Kopf gefallen. Statt Geschichte und Geo hatte die 7b stille Beschäftigung. Daka und Silvania Tepes nahmen es mit dem „still" sehr ernst. Von ihrer Bank war nur ab und zu ein leises Schnarchen zu hören. Hätte Helene sie nicht regelmäßig geweckt, hätten sie bis zum Sonnenuntergang schnarchend auf der Schulbank gelegen.

Helene Steinbrück, die Tochter von Dr. Peter Steinbrück, war Silvanias und Dakas neue, einzige und beste Freundin. Zumindest fast. Helene hatte den Schwestern ihr Geheimnis anvertraut: Sie trug ein Hörgerät, das sie hinter ihren langen blonden Haaren versteckte und von dem niemand in der Klasse etwas wusste. Daka und Silvania hatten versprochen, niemandem davon zu erzählen. Aber sie hatten auch versprochen, Helene ihr Geheimnis zu verraten. Helene hatte die Schwestern genau beobachtet und war sich sicher, dass sie nicht ganz normal waren. Dabei hatte Daka nur mal kopfüber am Stufenbarren ein Schläfchen gemacht und Silvania war bei einem akuten Heimaterdeentzug vom Schwebebalken gekracht. Ganz normale Begebenheiten. Für Halbvampire.

Solange die Zwillinge Helene nicht ihr Geheimnis anvertrauen würden, waren sie keine echten Freundinnen. Das leuchtete auch Daka und Silvania ein. Denn echte beste Freundinnen vertrauten einander. Doch in der Schule war es viel zu gefährlich, solche Geheimnisse auszutauschen. Zum einen störten die Lehrer, die mitten im Unterricht ständig Fragen hatten, zum anderen der Schrank und der Kleiderständer. Das waren Lucas Glöckner, ein Möchtegernmonster, und Rafael Siegelmann, ein leibhaftiger Lehrerliebling.

Am meisten aber störte Ludo Schwarzer. Er schlich wie ein Panther durch die Schulgänge, tauchte plötzlich in der Nähe der Zwillinge auf und starrte sie dann mit seinen geheimnisvollen, ockerfarbenen Augen an, dass die Halbvampire eine Gänsehaut bekamen. Wenn Silvania und Daka schon nicht ganz normal waren – Ludo Schwarzer war es sicher nicht.

Die Ratten

Elvira Tepes stand vor dem Spiegel im Schlafzimmer und hängte sich ihre Lieblingsohrringe an die Ohrläppchen. Sie ähnelten zwei großen Tränen und hatten die gleiche Farbe wie ihre nachtblauen Augen. Mihai hatte sie von einem Besuch bei Verwandten in Damaskus mitgebracht.

Mihai Tepes trat lautlos neben seine Frau. „Du siehst zum Anbeißen aus!"

Elvira zuckte zusammen. Sie hatte ihren Mann weder kommen hören noch gesehen. Auch jetzt war sie allein im Spiegelbild. Sie drehte sich mit einem Ruck um. „MIHAI!"

Mihai Tepes grinste, wobei sich sein Lakritzschnauzer noch mehr kringelte und man die langen Eckzähne aufblitzen sah. Er liebte es, seine Frau zu erschrecken. Wenn er sie schon nicht beißen durfte. „Und, bin ich dir schick genug?", fragte er, zupfte an seiner knallroten Fliege, die der einzige Farbklecks auf seinem schwarzen Hemd, der schwarzen Weste und dem schwarzen Frack darüber war. Bunt war nur für Frauen, fand Herr Tepes.

Elvira stellte sich auf die Zehenspitzen und gab ihrem Mann einen Kuss. Seit sie sich nach dem bissigen Eifersuchtsanfall von Herrn Tepes wieder versöhnt hatten, waren sie wie zwei Turteltauben. Silvania fand das zum Seufzen schön. Daka zum

Stöhnen anstrengend. Herr Tepes hatte seiner Frau Theaterkarten ihrer Wahl geschenkt. Elvira Tepes hatte sich die Samstagabendaufführung ausgesucht: „Die Ratten" von Gerhart Hauptmann. Mihai Tepes fand, der Titel klang vielversprechend.

Als sich die Eltern an der Wohnungstür von ihren Töchtern verabschiedeten, hielt Daka einen Daumen hoch und rief: „Boi!"

„Ihr seht wunderschön aus", fand auch Silvania.

Elvira Tepes strahlte, und Mihai Tepes warf seine halblange pechschwarze Mähne nach hinten, als würde er gleich selbst eine Bühne betreten. „Also, ihr wisst Bescheid ...", begann Frau Tepes.

„Klar doch, Mama", fiel ihr Daka ins Wort. „Wir fliegen nicht durch die Innenstadt, beißen niemanden und betrinken uns nicht mit Blut."

Elvira und Mihai Tepes nickten.

„Und wenn, dann rufen wir vorher an", sagte Silvania. Als sie den entsetzten Blick ihrer Mutter sah, fügte sie schnell hinzu: „War ein Scherz."

Mihai führte seine Frau zu seiner ersten großen Liebe: seinem flaschengrünen Dacia. Er öffnete die Beifahrertür und ließ Elvira einsteigen. Dann knallte er die Tür so schwungvoll zu, dass es das ganze Wohnviertel hören konnte. Nur so funktionierte die Tür noch. Der Dacia war nur ein paar Jahre jünger als Herr Tepes selbst. Frau Tepes drehte das Fenster herunter, das wie immer etwas klemmte, während Mihai auf der Fahrerseite einstieg.

„Viel Spaß mit den Ratten!", rief Silvania.

„Geht danach doch noch schön was essen oder

trinken“, schlug Daka vor. „Macht euch keine Sorgen um uns.“

Elvira Tepes nickte, doch in ihren Augen schimmerte Zweifel. War es wirklich eine so gute Idee, die Zwillinge allein zu Hause zu lassen? Sie waren gerade mal zwölf, fast noch Kinder. Sie wohnten gerade mal ein paar Tage in Deutschland. Und sie waren Halbvampire, mitten unter Menschen. „Vielleicht hätten wir doch Opa Gustav oder Oma Rose noch mal fragen sollen“, meinte Elvira, als der Dacia den Lindenweg entlangtuckerte.

„Ob sie auf zwei halb erwachsene Halbvampire aufpassen wollen?“ Herr Tepes schüttelte den Kopf. „Du weißt doch, dass deine Eltern heute Abend ihre eigenen Pläne haben.“

Opa Gustav musste ins Stadion. Sein Verein, der FC Bindburg, spielte. Er hatte in der letzten Saison nur knapp den Meisterschaftstitel verpasst. Genau wie all die Jahre zuvor. Aber Opa Gustav war sich sicher, dass es diese Saison klappen würde. An ihm sollte es nicht liegen. Er würde kein einziges Spiel des FC Bindburg verpassen und seinen Verein kräftig anfeuern.

Oma Rose machte Überstunden im Museum. Diese Woche war eine neue, große Ausstellung eröffnet worden. Japanische Kunst der Edo-Zeit. Es war eine der wertvollsten und wichtigsten Ausstellungen, die das Kunstpalais Bindburg jemals veranstaltet hatte. Oma Rose war für die Führungen verantwortlich.

„Außerdem“, sagte Herr Tepes und bog auf die Hauptstraße, „was sollen unsere Töchter schon anstellen?“

Maultiere und Spiderwoman

Als sich im Theaterhaus der Vorhang zum ersten Akt öffnete und Herr und Frau Tepes erwartungsvoll zur Bühne blickten, klingelte es ein paar Kilometer weiter nördlich im Lindenweg Nummer 23 an der Wohnungstür.

Daka sprang aus ihrem Schiffsschaukelsarg, der daraufhin wackelte, als wäre er in einen Atlantiksturm geraten. „Das ist sie!"

Silvania schob sich schnell den Rest ihres Wiener Würstchens in den Mund und folgte Daka die Treppe hinunter. Seit Silvanias gescheitertem Versuch, Vegetarierin zu werden, war sie wieder zur Vollblutfleischfresserin geworden.

Daka riss die Wohnungstür auf. „Hallo!"

„Hoi boi!" Helene lächelte und gab den Zwillingen jeweils eine Kopfnuss, die diese sogleich erwiderten. „Hoi boi" waren Helenes erste Worte auf Vampwanisch. Es hieß so viel wie „alles paletti". Allerdings wusste Helene noch nicht, dass es sich dabei um vampwanische Wörter handelte. Sie wusste noch nicht einmal, dass so eine Sprache existierte.

Silvania und Daka hatten lange nachgedacht, geredet, wieder nachgedacht und abermals geredet. Sie hatten kreuz und quer gedacht, im Stehen, Liegen, Hängen und beim Fliegen. Beim Sitzen auch. Sie hatten überlegt, ob sie ihre Mama um Rat fragen sollten. Aber wozu? Sie würde Nein sagen. Garantiert. Sie hatten überlegt, ob sie ihren Papa fragen sollten. Aber wozu? Er würde Ja sagen. Garantiert. Dann wären sie genauso schlau gewesen wie zuvor. Außerdem würden sich die Eltern deswegen vielleicht wieder streiten. Das wäre nicht nett, wo sie sich doch gerade versöhnt hatten.

Schließlich waren sie zu dem Schluss gekommen: Wenn Helene nicht wusste, dass sie Halbvampire waren, wenn sie ihr nicht genug vertrauten, ihr dieses Geheimnis zu verraten, dann konnten sie auch keine echten, allerbesten Freundinnen sein.

Das wollten sie aber. Deshalb hatten sie beschlossen, Helene am Samstagabend zu sich einzuladen und es ihr zu sagen, während sich ihre Eltern „Die Ratten" ansahen. Aus Rücksicht hatten sie gar nicht erst erwähnt, dass sie Helene eingeladen hatten. Ihre Eltern sollten den Theaterabend genießen können, ohne sich dabei Sorgen zu machen, dass ein fremder Mensch in ihrer Wohnung war und sich vielleicht aus Versehen in den Keller verlief und über einen Sarg stolperte.

„Komm rein", sagte Silvania und führte den Gast nach oben in ihr Zimmer.

„Cooool!", rief Helene, als sie Dakas Bett sah. Es war ein alter Sarg, den Daka zusammen mit Onkel Vlad kunterbunt bemalt und mit vier Ketten an ein Metallgestell gehängt hatte. „Ist das eine alte Schiffsschaukel?"

Daka kratzte sich hinter dem Ohr. „So ähnlich."

„Darf ich mich mal reinsetzen?"

„Klar.“

Einen Moment betrachtete Helene mit gerunzelter Stirn Dakas schwarze Bettwäsche, auf die lauter kleine weiße Larven gedruckt waren, und ihr Kopfkissen, das wie eine riesige, behaarte Spinne aussah. Dann schaukelte sie und sah sich im Zimmer um. „Cooler Hutständer“, sagte sie und deutete auf den alten verdorrten Baum, an dessen Ästen Silvania ihre Mützen und Hüte aufbewahrte. Helenes Blick wanderte zur Baumspitze und weiter an die Zimmerdecke. „He, wieso habt ihr denn eine Metallkette quer durch euer Zimmer gespannt?“

„Na, zum Abhängen“, sagte Daka.

„Das ist eine Art Wäscheleine“, warf Silvania schnell ein.

Helene staunte. „Voll abgefahren.“

Silvania und Daka nickten.

„Und wer ist das?“, fragte sie und deutete auf ein Poster an der Wand.

„Das sind *Krypton Krax*, die beste transsilvanische Band aller Zeiten“, sagte Daka stolz. „Wenn du willst, kann ich dir was vorspielen.“

Silvania schüttelte heftig den Kopf. „Willst du nicht!“

Doch Helene hatte schon etwas Interessanteres entdeckt. „Was ist denn da drin?“, fragte sie, stieg aus dem Schiffsschaukelsarg und kniete sich vor Dakas Aquarium.

„Dort wohnt Karlheinz. Und ein paar andere Blutegel“, erklärte Daka. „Aber sie sind ziemlich schüchtern bei Fremden.“

Helene zögerte einen Moment. Doch dann presste sie ihre Nase ans Aquarium. „Beißen die?"

„Nö. Nur, wenn sie hungrig sind."

Silvania räusperte sich und sah ihre Schwester mit großen Augen an. Daka riss ebenfalls die Augen auf und zuckte die Schultern. Keine der Schwestern wusste, wie und wo sie anfangen sollten. Sollten sie einfach in einem Nebensatz erwähnen, dass sie Halbvampire waren? Nach dem Motto: „Wir sind zweieiige Zwillinge, unsere Hobbys sind Musik und Lesen, wir essen am liebsten Zartbitterschokolade und sind Halbvampire. Und welche Schokolade isst du gern?" Oder sollten sie Helene ganz behutsam und langsam mit dem Gedanken vertraut machen, dass es nicht nur Vampire gab, sondern auch Halbvampire? Und dass sie – Glückwunsch – zwei Halbvampire als Freundinnen hatte!

„Was ist los?", fragte Helene.

Silvania biss sich auf die Unterlippe (wie gut, dass sie ihre Eckzähne erst vor Kurzem abgefeilt hatte) und versuchte, Helenes Blick auszuweichen. Daka setzte sich neben Silvania auf ihr Bett und sah Helene, die noch auf dem Fußboden kniete, ernst an.

Helene wurde blass. Sie öffnete die Lippen ganz leicht. Dann trat ein Glanz in ihre Augen. „Ihr wollt mir euer Geheimnis verraten, stimmt's?", flüsterte sie.

Daka und Silvania nickten. Aber keine der Schwestern sagte etwas.

Helene setzte sich in den Schneidersitz und warf ihre blonden Haare über die Schultern. „Ich bin bereit. Mein Hörgerät ist eingeschaltet. Legt los!"

Daka und Silvania warfen sich einen letzten fragenden Blick zu. War Helene wirklich bereit? Sie würden es gleich sehen. Wahrscheinlich rannte ihre neue, allerbeste Freundin schreiend aus dem Haus. Vielleicht stürzte sie sich auch aus dem Fenster. Das wäre noch schlechter.

„Ich verrate es keinem. Allerernstes Ehrenwort“, versprach Helene leise.

„Also“, begann Silvania mit belegter Stimme. „Wie du ja schon gemerkt hast, sind wir nicht ganz normal.“

Helene nickte.

„Wir sind anders als andere Menschen. Genau genommen sind wir anders als *alle* Menschen“, fügte Daka hinzu.

„Das liegt an unseren Chromosomen“, sagte Silvania.

„Du weißt schon, die Dinger mit dem Erbgut drin“, warf Daka ein. „Da haben wir nämlich welche von unserer Mutter und unserem Vater.“

Helene runzelte die Stirn. „Ist das nicht normal?“

„Schon. Aber das Problem sind die Chromosomen von unserem Papa“, erklärte Silvania.

Helene zog hastig Luft ein und riss die Augen auf. „Ist er krank?“

„Nein. Er ist nur ... anders.“

„Ah! Ich weiß. Die Chromosomen von eurer Mama und eurem Papa vertragen sich nicht so toll. Ihr leidet an einer seltenen Stoffwechselkrankheit. Deswegen seid ihr immer so blass und müde.“ Helene warf den Schwestern einen triumphierenden Blick zu.

Daka und Silvania sahen sich mit gerunzelter Stirn an. „Nicht ganz“, sagte Silvania schließlich.

„Also, eigentlich vertragen sich die Chromosomen schon ganz gut“, fuhr Daka fort. „Ungefähr so wie bei einem Maultier.“ Daka war sehr stolz, dass ihr dieser treffende Vergleich eingefallen war.

„Ein Maultier?“ Helene machte ein Gesicht wie ein Schaf.

Silvania begriff sofort. „Genau. Ein Maultier entsteht durch Kreuzung zwischen Pferdestute und Eselhengst. Unsere Mama ist sozusagen die Pferdestute und unser Papa der Hengst.“

„Und wir sind die Maultiere“, ergänzte Daka.

Helene sagte einen Moment nichts und blickte zwischen Daka und Silvania hin und her. „Ihr – seid – Maultiere?“

„Genau.“ Daka nickte.

„Also natürlich keine richtigen“, wandte Silvania ein. „Das ist nur ein Vergleich, verstehst du?“

Helene schüttelte den Kopf.

Daka und Silvania seufzten. Das war schwieriger, als sie gedacht hatten. „Na gut“, begann Daka wieder. „Dann sagen wir es dir eben einfach, wie es ist.“

Helene nickte eifrig.

„Sitzt du gut?“ Silvania betrachtete Helene ängstlich, die sich bequem zurückgelehnt hatte.

Daka holte einmal tief Luft, dann sagte sie in einem Atemzug: „Unsere Mama ist ein Mensch, unser Papa ist ein Vampir und wir sind Halbvampire.“

Die Zwillinge starrten Helene an. Für Sekunden blieb es mucksmäuschenstill im Zimmer. Helene blickte von einer Schwester zur anderen, nur ihre Augen bewegten sich, sonst saß sie stocksteif da. Immerhin – sie lief nicht schreiend weg und sprang auch nicht aus dem Fenster.

Plötzlich stieß Helene einen markerschütternden Schrei aus, ließ sich mit dem Rücken nach hinten auf den Boden fallen und krampfte sich zusammen.

Silvania sprang auf. „Sie hat einen Anfall!"

Daka sprang auf. „Das war doch zu viel für sie."

Die Schwestern knieten sich neben Helene, die zusammengerollt am Boden lag, wild zuckte und seltsame Geräusche von sich gab.

„Helene, wir sind bei dir, keine Panik", sagte Silvania.

„Vielleicht macht ihr genau das Angst", entgegnete Daka.

„Ruhig atmen", versuchte es Silvania erneut. „Denk an etwas Schönes. Schokoladeneis, Horrorfilme oder Pusteblumen."

Pusteblumen? Daka sah ihre Schwester verwirrt an. Den Vergleich mit den Horrorfilmen verstand sie ja noch – schließlich war Helene ein Fan davon. Aber Pusteblumen? Sie beschloss, es auf ihre Weise zu versuchen. Mit beiden Händen packte sie die zuckende Helene an den Schultern und schüttelte sie. „Alles wird gut. Hoi boi, hoi boi, hoi boi!"

Es wirkte. Helene schnappte nach Luft und richtete sich auf. Da sahen die Schwestern, dass ihre neue allerbeste Freundin Tränen in den Augen hatte.

„Nicht heulen. So schlimm ist das doch gar nicht", fand Daka.

Helene schüttelte den Kopf und wischte sich die Tränen aus den Augenwinkeln. Dann zuckte sie wieder und stieß seltsame schnaufende Geräusche aus.

Die Zwillinge starrten Helene an. War das etwa …? Tatsache. Ihre Freundin hatte keinen Anfall. Sie heulte auch nicht. Sie lachte! Sie kicherte und schnaufte und grunzte, da konnte kein Lachsack mithalten.

Silvania runzelte die Stirn. „Ich glaube, ich habe gerade einen Witz verpasst."

„Ich auch", sagte Daka.

Helene japste: „Ihr" – *kicher* – „seid" – *kicher* – „Halbvampire!" *Prust. Kicher. Prust.*

Silvania nickte. „Und du findest das gar nicht … unheimlich?"

„Doch. Total unheimlich. Brrr", machte Helene und schüttelte sich. „Ein unheimlich guter Scherz!" Dann brach sie wieder kichernd und glucksend zusammen.

Die Schwestern sahen sich ratlos an. Sie hatten Helene ihr größtes Geheimnis anvertraut und sie lachte nur!

Helene schniefte zwischen den Lachern. „Ich meine – Halbvampire! Das ist total abgefahren. Wie kommt ihr denn darauf?"

Daka wurde es langsam zu blöd. Sie verschränkte die Arme und funkelte Helene an. Sie war ein sehr stolzer Halbvampir.

Helene bemerkte Dakas Blick. „Ihr meint, ihr spielt ab und zu Vampir, ja? Das ist euer Hobby, richtig?"

„Nein, wir meinen, wir sind Halbvampire“, sagte Silvania.

Helene versuchte, ein ernstes Gesicht zu machen, aber es gelang ihr nicht. „Okay, wenn ihr Halbvampire seid, dann bin ich Spiderwoman.“ Helene lachte und schoss mit ihrem Finger einen imaginären Spinnenfaden durchs Zimmer.

Mittlerweile hatten beide Schwestern die Arme verschränkt und starrten Helene mit ernster Miene an.

Helene zog die Augenbrauen zusammen. „He, das ist ein Witz, oder? Das kann nur ein Witz sein!“

„Wenn du es nicht glauben willst, dann beweisen wir es dir“, sagte Daka.

Silvania sah ihre Schwester mit großen Augen an. Was hatte sie vor?

Daka stellte sich an die Tür. „Guck genau hin“, sagte sie zu Helene. „Onu, zoi, trosch!“, zählte sie laut und – RAPPELDIZACK!, flopste sich Daka durch den Raum. In der Zeit, in der ein Mensch einmal blinzelte, war sie von der Tür zum Fenster geflopst.

Helene starrte Daka mit offenem Mund an. Sie sah zur Tür, zum Fenster, zur Tür und wieder zum Fenster. „Wie ... was ...?“

„Das heißt Flopsen. Es ist ziemlich anstrengend und wir können es nur über kurze Entfernungen hinweg und nicht durch Wände hindurch“, erklärte Silvania. „Aber manchmal ist es ganz praktisch.“

„Wenn man die Straßenbahn noch kriegen will“, sagte Daka.

„Oder am anderen Tischende etwas hinunterfällt.“

„Oder man den besten Platz im Kino haben möchte.“

„Oder einem der Traumjunge abhauen will“, sagte Silvania.

„Oder man einer Ratte nachjagt.“

Helene war etwas blass geworden. „Einer Ratte?“

„Klar. Das ist zwar gegen die radikale Regel Nummer zwei, aber so ein Rattensnack ist echt schmacko. Wobei“, sagte Daka und fixierte eine Fliege, die unvorsichtigerweise vor ihrer Nase Runden drehte. Die Fliege war entweder sehr dumm oder sehr mutig. Was manchmal dasselbe ist. Sie flog direkt auf Dakas Mund zu. Blitzschnell schoss Dakas Zunge vor. *Klatsch!*, hatte sie die Fliege gefangen. *Knack!*, knirschte sie zwischen den Zähnen. „So eine Fliege ist auch ganz lecker.“

Helene war jetzt so weiß, dass ihr Gesicht in keiner Schneemannparade aufgefallen wäre. Ihr Mund stand offen, ihre Augen waren kugelrund. Sie schnappte dreimal nach Luft, und dann ... „AAAAAAH!“, stieß sie einen zitronenschrillen Schrei aus. Mit einem Ruck stand sie auf und rannte aus dem Zimmer. Sie verschwand im Bad, schlug die Tür hinter sich zu und verriegelte das Schloss.

Daka und Silvania folgten Helene. Sie standen vor der Badezimmertür und hörten Helene dahinter weiterschreien.

„Immerhin ist sie nicht aus dem Fenster gesprungen“, meinte Silvania.

Vampirische Beweise

Silvania und Daka saßen auf dem Fußboden vor der Badtür. Eine halbe Stunde war vergangen, seit Helene dahinter verschwunden war. Die Schreie hatten nach ein paar Minuten aufgehört. Stattdessen hörten die Schwestern ein Schluchzen und Schnaufen. Dann wurde es still hinter der Badezimmertür.

Silvania klopfte vorsichtig. „Helene? Geht es dir wieder besser?"

Keine Antwort.

Daka versuchte, durch das Schlüsselloch zu spähen, doch da der Schlüssel steckte, sah sie nichts. „Bist du eingeschlafen?"

Keine Antwort.

„Vielleicht ist sie aus dem Badezimmerfenster gesprungen", sagte Silvania.

Daka sah ihre Schwester entsetzt an.

„Nein, bin ich nicht", kam plötzlich eine dumpfe Stimme aus dem Bad.

„Sie lebt!", rief Silvania.

„Sie redet!", rief Daka.

Die Mädchen pressten die Ohren an die Badtür. Sie hörten, dass Helene etwas von der Klopapierrolle abriss und hineinschnaufte. „Ihr seid also echte … echte Vampire?", fragte sie.

„Nein. Ein echter Vampir ist bloß unser Papa.

Wir sind nur Halbvampire, keine Panik", erwiderte Daka.

Als Antwort schnaufte Helene laut.

„Man könnte also auch sagen, wir sind Halbmenschen", fügte Silvania hinzu.

„Und was machen Halbmenschen oder Halbvampire so?", fragte Helene. „Ich meine, wovon ernährt ihr euch denn genau?"

„Von ganz normalen Sachen. Brot, Nudeln, Reis, Eier, Marmelade, Butter, Kartoffeln ...", begann Silvania.

„Am liebsten aber von blutigem Fleisch und Zartbitterschokolade", warf Daka ein und fuhr sich mit der Zunge über die Oberlippe.

„Und dieses Fleisch, ist das ..." Helene holte tief Luft. „Lebt das noch?"

„NEIN!", riefen Silvania und Daka.

„Wie kommst du denn darauf?", fragte Silvania.

„Ich dachte immer, Vampire ernähren sich von Blut. Frischem Menschenblut", erwiderte Helene.

„Die Ernährungsmethode ist total veraltet", erklärte Silvania. „So haben das Vampire vor etlichen Jahrhunderten gemacht."

„Manche machen es heute aber auch noch so", warf Daka ein. Als sie den entsetzten Blick ihrer Schwester sah, fügte sie hinzu: „Das sind nur ein paar altmodische Vampire. Und außerdem: Wir sind Halbvampire. Sozusagen die Vegetarier unter den Vampiren."

„Und was ist mit der Fliege?"

„Welche Fliege?", fragte Daka.

„Die du vorhin gegessen hast“, erinnerte sie Helene.

„Das war doch nur ein Snack. Das zählt nicht.“

„Also würdet ihr mich nicht beißen?“, fragte Helene.

„Nein, niemals!“, rief Silvania.

„Dich beißen? Bäh! Wie kommst du denn darauf?“, sagte Daka.

Einen Moment blieb es still hinter der Badezimmertür. „Versprecht ihr es?“

„Ja“, antworteten die Zwillinge.

„Wirklich?“

„Ich verspreche es bei der Kette von Oma Zezci“, sagte Silvania.

„Und ich verspreche es bei Karlheinz“, sagte Daka.

Helene wusste, wie sehr Daka an ihrem Lieblingsblutegel hing. Und sie wusste, wie viel Silvania die Kette ihrer Oma bedeutete.

Es verging eine halbe Minute. Dann hörten die Zwillinge ein Klacken im Schloss. Der Schlüssel wurde herumgedreht, und kurz darauf öffnete sich zögerlich die Tür einen kleinen Spalt.

Helenes blasse Nase tauchte in dem Spalt auf. „Ich komme jetzt raus.“

„Das ist schön“, sagte Silvania.

Helene schob sich langsam durch den Spalt. Dabei ließ sie die Schwestern nicht aus den Augen und hielt ihre beiden Zeigefinger vor ihrem Hals über Kreuz.

„Das hilft nicht, das mit den Kreuzen. Das hat

sich nur irgendein Filmregisseur mal ausgedacht", sagte Daka.

„Außerdem haben wir dir doch versprochen, dass wir dir nichts tun", erinnerte sie Silvania.

Helene ließ langsam die Hände sinken. Sie hielt gut einen Schritt Abstand von den Zwillingen. „Zeigt ihr mir mal eure Zähne?"

Daka und Silvania grinsten breit, sodass ihre Eckzähne hervortraten.

„Die sind ja gar nicht so groß." Helene klang fast enttäuscht.

„Hier in Deutschland feilen wir sie immer regelmäßig ab", erklärte Silvania.

„Dentiküre", fügte Daka hinzu.

„Wäh, tut das nicht weh?"

„Nö. Es quietscht nur", sagte Daka.

„Und was ist mit der Sonne? Zerfallt ihr nicht zu Staub, wenn ihr rausgeht?" Helene schienen die abgefeilten Zähne zu beruhigen. Ihre Nase bekam wieder Farbe.

„Die Sonne nervt schon. Aber bis wir zu Staub zerfallen, müssen wir schon mehrere Stunden prall in der Sonne liegen", antwortete Silvania.

„Außerdem kleistern wir uns ja immer mit Sonnencreme ein. Lichtschutzfaktor 100 natürlich", sagte Daka.

„Deswegen hast du auch immer eine Sonnenbrille auf", sagte Helene zu Daka, „und du immer einen Hut", fügte sie an Silvania gewandt hinzu.

Die Schwestern nickten.

„Jetzt verstehe ich auch, warum ihr in der Schule

immer so müde seid. Ihr schlaft normalerweise tagsüber, stimmt's?"

„Genau. Halbvampire sind nachtaktiv. Aber hier gibt es keine Schule, in der nachts unterrichtet wird. Also müssen wir uns umstellen", sagte Silvania.

„Ihr seid in Transsilvanien nachts zur Schule gegangen?" Helenes Augen funkelten wieder.

„Klar. Und was heißt gegangen? Wir sind *geflogen*", erwiderte Daka.

Helene hatte ihren Sicherheitsabstand vollkommen vergessen. Bei dem Wort „geflogen" kam sie selbst wie im Sturzflug auf die Schwestern zu. Sie kniete sich neben sie auf den Fußboden und sah sie mit großen Augen an. „Ihr könnt fliegen?"

„Logisch", sagte Daka.

„Na ja, so ein bisschen", meinte Silvania. Sie war auf dem Gebiet nicht gerade der Überflieger. Zum einen fand sie Fliegen viel zu unmenschlich, zum anderen hatte sie immer Angst, mit Tauben, Windrädern oder UFOs zusammenzustoßen. Oder abzustürzen. Sie fand, ihr Körper mit den kleinen Rundungen und Puffern auf der Hüfte war einfach nicht aerodynamisch genug.

„DAS will ich sehen!", rief Helene.

Silvania seufzte. Sie hatte es befürchtet.

„Du willst uns fliegen sehen? Jetzt, sofort?", fragte Daka. Ihre Augen glänzten vor Vorfreude.

Helene nickte. „Könnt ihr von hier zu eurem Zimmer fliegen?" Sie deutete den schmalen Flur entlang.

„Mit so einem Kinderquatsch fange ich gar nicht

erst an. Hier ist es viel zu eng. Lasst uns aufs Dach gehen“, schlug Daka vor.

„Aufs Dach?“ Silvania riss entsetzt die Augen auf.

„Klar, es ist doch sowieso schon dunkel. Wir haben nur Tagflugverbot. Außerdem kann ich Helene dann ein paar Loopings zeigen“, sagte Daka.

„Genau!“ Helene nickte.

Silvania zuckte die Schultern. Eine Schwester *und* eine Freundin zu haben, hatte einen entscheidenden Nachteil: Man konnte überstimmt werden. Daran hatte sie nicht gedacht. „Okay, gehen wir aufs Dach. Aber nur ganz kurz.“

„Ja, ja.“

„Und wir fliegen nicht weit weg.“

„Nein, nein.“

Die heimliche Hellseherin

Herr Tepes reichte seiner Frau ein Glas Prosecco und spritzte sich unauffällig einen Schuss Blut in seinen Rotwein. Für alle Fälle hatte er meistens eine Ampulle dabei. Wenn der Hunger kam, war es besser, gewappnet zu sein.

Er sah sich im Theaterfoyer um. Viele Frauen zeigten Hals. Herrn Tepes ließ das kalt. Wie immer stellte er fest, dass Elvira die schönste Frau war. Er fand auch, dass er der schönste Mann war. Zufrieden strich er seine pechschwarze Mähne nach hinten. Kein Wunder, dass sie sich vor 17 Jahren Knall auf Fall ineinander verliebt hatten.

„Und, wie fandest du ‚Die Ratten‘ bis jetzt?“, fragte Elvira Tepes.

„Sehr interessant“, erwiderte Herr Tepes und nahm schnell einen Schluck Rotwein. Er wollte nicht zugeben, dass er ein wenig enttäuscht war, weil er insgeheim gehofft hatte, dass in dem Stück echte Ratten vorkamen. Aber sie hatten bis jetzt nur die ersten drei Akte gesehen. Laut Programmheft folgten zwei Akte. Es bestand noch Hoffnung.

Frau Tepes nippte dreimal zügig an ihrem Prosecco. Dann kramte sie in ihrer Handtasche.

„Was suchst du?“

„Mein Handy.“

„Wozu?“

Frau Tepes hatte ihr Handy gefunden. „Meinst du nicht, wir sollten mal kurz zu Hause anrufen?"

„Und unseren Töchtern Bescheid sagen, dass uns die ersten drei Akte gefallen haben?"

„Nein, einfach nur Hallo sagen und mal sehen, was sie so machen."

Herr Tepes schüttelte den Kopf. „Was sollen sie schon machen? Wahrscheinlich gucken sie Fernsehen, lesen oder essen den Kühlschrank leer. Womöglich sind sie schon im Bett und du weckst sie nur auf."

„Meinst du nicht, dass sie sich nachts allein zu Hause fürchten?"

„Gumox! Sie haben mein Blut in den Adern. So schnell fürchten sie sich nicht. Und schon gar nicht in der Nacht."

„Und du meinst auch nicht, dass sie vielleicht irgendwelche Dummheiten anstellen?"

Herr Tepes zog die Augenbrauen zusammen. Das hielt er zwar schon eher für möglich – genau genommen hielt er es für wahrscheinlich –, aber er wollte seine Frau nicht beunruhigen. Es war ihr Theaterabend. Sie sollte ihn genießen. „Daka und Silvania sind aus dem Alter raus, wo sie Dummheiten machen. Vertrau mir, die liegen jetzt in ihren Betten und träumen von der transsilvanischen Heimat."

Frau Tepes sah ihren Mann ungläubig an. Doch dann ließ sie das Handy langsam wieder in die Handtasche gleiten. „Wahrscheinlich hast du recht. Ich mache mir zu viele Sorgen. Ich hatte nur gerade die verrückte Vorstellung, dass unsere Töchter

Freunde eingeladen haben und eine Flugshow auf dem Dach veranstalten oder Ähnliches." Frau Tepes lachte und schüttelte den Kopf über diese Idee.

Elvira Tepes hatte hellseherische Fähigkeiten. Leider wusste sie nichts davon. Hätte sie es gewusst, hätte sie den Prosecco ausgetrunken, ihren Mann geschnappt und wäre nach Hause gefahren. Die Ratten hätten in den letzten beiden Akten auf ihre Anwesenheit verzichten müssen.

Flugshow

In der Reihenhaussiedlung herrschte sternenklare Nacht. Weit und breit war kein Bewohner mehr zu sehen. Die meisten Nachbarn hatten die Jalousien heruntergelassen oder das Licht bereits ausgeschaltet. Es war mucksmäuschenstill. Nur ein gescheckter Hund jaulte hin und wieder aus der Hundehütte, in die er sich verkrochen hatte, sobald drei dunkle Gestalten auf einem der Dächer aufgetaucht waren. Er war kein Wachhund und wollte in der Nacht seine Ruhe haben.

Silvania und Helene standen auf dem Dach des Reihenhauses Nummer 23 und sahen Daka zu, die mit ausgebreiteten Armen vor ihnen Runden flog. Wie ein Spielzeugauto auf einer Modellrennbahn. Helene stand der Mund offen und sie ließ Daka keine Sekunde aus den Augen. Silvania zupfte gelangweilt am Lederriemen ihrer Fliegerhaube.

„Und jetzt passt auf!“, rief Daka. Sie flog ein Stück aufs Feld hinaus und blieb in der Luft stehen, als würde sie Anlauf nehmen. Dann senkte sie den Kopf, drückte das Kinn auf die Brust und flog mit doppelter Geschwindigkeit auf Silvania und Helene zu.

Helene griff unwillkürlich nach Silvanias Arm. Silvania tätschelte Helenes Hand. Sie wusste, was gleich kommen würde.

Nur ein paar Meter vor ihnen verschwand Dakas

Kopf nach unten. Ihr Körper schlängelte sich blitzschnell wie ein Ringelwurm hinterher. Dann tauchte Dakas Kopf wieder auf. Bevor Helene richtig begriff, was eben geschehen war, stand Daka vor ihnen.

„Tatatataaa! Mein Looping", sagte sie und verbeugte sich.

Helene klatschte. „Cool! Das ist der absolut abgefahrenste Wahnsinn, den ich jemals gesehen habe."

Silvania unterdrückte ein Seufzen. Helene übertrieb. Und Daka war eine olle Angeberin. Zumindest manchmal. Allerdings war ihr Looping wirklich klasse.

„Was ist mit dir?", fragte Helene Silvania. „Kannst du auch so was?"

„Ich ... ich bin sozusagen eine Sonntagsfliegerin. Du weißt schon, eher zum Genuss als für den Kick."

Daka, die von der Flugangst ihrer Schwester wusste, fügte hinzu: „Silvania fliegt lieber langsam, dafür aber schön."

„Also eine Kunstfliegerin", sagte Helene und sah Silvania begeistert an.

„Genau." Silvania hoffte, dass Helene jetzt keinen Kunstflug sehen wollte. „So", sagte sie schnell und rieb sich die Hände. „Dann können wir ja auch wieder runtergehen, nicht wahr?"

„Warte!", sagte Helene. „Ich ..." Sie blickte angespannt von Silvania zu Daka. „Ich will auch fliegen."

Silvania verschlug es die Sprache.

Daka lachte. „Du? Fliegen? Wie soll denn das gehen? Du fliegst höchstens auf den Pops. Du bist doch ein ganz normaler Mensch, oder nicht?"

„Schon. Aber ich dachte, mit euch beiden zusammen ..." Helene kratzte sich am Arm, auf den sie mit Kugelschreiber ein fettes, warziges Monster gemalt hatte. „Ihr könnt mich doch in die Mitte nehmen. Oder huckepack. Irgendwie geht es bestimmt. Bitte, ich will es nur mal versuchen."

Daka und Silvania sahen sich ratlos an. Ein Mensch wollte fliegen. Mit zwei Halbvampiren. Freiwillig. So etwas hatten sie noch nie gehört.

„Bist du dir sicher?", fragte Silvania, die sich nicht vorstellen konnte, warum jemand überhaupt fliegen wollte.

Helene nickte kräftig. „Es muss ja nicht so hoch und nicht so weit sein. Nur ein Stückchen über das Feld. Es ist bestimmt toll, in der Luft zu schweben. Ich will nur mal sehen, wie das ist."

Silvania könnte ihr erzählen, wie es ist, ständig in Panik vor Tauben mit müden Armen durch die Luft zu eiern und dabei immer die Augen nach Bäumen, Windrädern oder Strommasten offenzuhalten, die sich einem plötzlich in den Weg stellten.

Daka tippte sich mit dem Zeigefinger mehrmals an die Lippe und starrte auf einen unbestimmten Punkt in der Luft. „Wir könnten eine von Mamas Klobrillen zwischen uns festbinden und Helene setzt sich drauf", sagte sie schließlich.

„WAS? Nie im Leben!" Silvania fuhr sich vor Entsetzen durch die rotbraunen Haare.

„Natürlich müsste Helene sich anschnallen und einen Helm tragen“, fügte Daka hinzu.

„Dadurch wird es auch nicht besser“, fand Silvania. „Das ist die absolut blödeste Idee, die ich jemals gehört habe.“

„Also, ich finde die Idee gut“, schaltete sich Helene ein.

„Aber ... aber das ist total gefährlich“, wandte Silvania ein. „Und außerdem ... wenn uns jemand sieht und wenn Helene nicht schwindelfrei ist oder wir abstü...“

Helene unterbrach sie. „Wer ist für den Klobrillenflug?“, fragte sie und hob die Hand.

Eine Sekunde später schoss Dakas Hand in die Höhe.

Silvania seufzte. Jetzt war sie schon zum zweiten Mal überstimmt worden. Entweder sie brauchte noch eine Freundin oder sie musste die Demokratie in der Freundschaft abschaffen.

Drei kleine Engelein

Herr Tepes schaltete in den dritten Gang und der Motor heulte auf. „Ruhig, Grüner, immer schön ruhig“, sagte er und streichelte das Armaturenbrett des Dacias.

Elvira sah versonnen in den Nachthimmel. „Das war wirklich ein toller Abend.“

„Hm“, brummte ihr Mann. Auch in Akt vier und fünf waren keine echten Ratten aufgetaucht. Der Titel des Stücks war einfach irreführend.

Als sie in den Lindenweg bogen, fuhr Elvira mit einer Hand unter die halblangen Haare ihres Mannes und kraulte ihn im Nacken.

Mihai Tepes brummte. Er parkte quer auf dem Rasen vor dem Reihenhaus Nummer 23 ein, flopste sich zur Beifahrertür und öffnete sie galant.

Elvira stieg aus und atmete die kühle Nachtluft ein. „Was für ein wunderschöner Sternenhimmel!“

„Wie wäre es mit einem Mondscheinspaziergang?“ Herr Tepes lächelte, und unter seinem Lakritzschnauzer blitzte ein Eckzahn auf.

Elvira schielte zum Haus. Kein einziges Licht brannte.

Herr Tepes bemerkte den Blick seiner Frau. „Siehst du, sie schlafen. Wie die Engelein.“

Elvira zögerte. Dann hakte sie sich bei ihrem Mann ein. Gemeinsam gingen sie Richtung Feldweg.

Wie die Engelein – da hatte Herr Tepes gar nicht so unrecht. Es gab nur einen kleinen, aber entscheidenden Unterschied: Seine Töchter *schliefen* nicht wie die Engelein, sie *flogen* wie die Engelein.

Sie waren auf ausdrücklichen Wunsch von Helene direkt vom Dach gestartet. So hatten sie gleich eine ordentliche Höhe und mussten sich nicht mühsam Höhenmeter um Höhenmeter nach oben kämpfen. Die ersten Minuten hielt sich Helene mit beiden Händen krampfhaft an der Klobrille fest. Ihr Gesichtsausdruck sah ein wenig danach aus, als hätte sie Durchfall. Sie hatte die Augen weit aufgerissen und schrie alle paar Sekunden: „Oh nein, ich fliege! Oh nein, ich fliege wirklich!"

Daka und Silvania konzentrierten sich aufs Fliegen. Sie hatten die Klobrille mit jeweils zwei Seilen um ihre Oberkörper und um ihre Taillen festgebunden. Dabei hatten sie darauf geachtet, dass für ihre Arme genug Platz zum Steuern blieb. Am Anfang war es sehr ungewohnt, mit der zusätzlichen Last zu fliegen, denn der Transport von Menschen auf Klobrillen gehörte nicht zur gängigen Flugausbildung.

Silvania verlor das Gleichgewicht, kippte einmal kurz weg und flog ein Stück in Seitenlage. Dabei wäre Helene beinahe von der Klobrille gerutscht. Wie gut, dass sie mit einem Gürtel von Herrn Tepes angeschnallt war. Es dauerte ein paar Versuche, bis es den Schwestern gelang, geradeaus zu fliegen. Das Gewicht des Fluggastes zog sie immer wieder nach innen und führte dazu, dass sie erst mal ein paar Minuten im Kreis flogen.

Doch je länger sie in der Luft waren, desto besser flogen sie. Es war noch kein Kunstflug, aber Helene war begeistert. Das war die Hauptsache. Sie entspannte sich, baumelte mit den Beinen und wagte sogar ab und zu einen Blick auf die Erde. Nebenbei stellte sie alle möglichen Fragen.

„Konntet ihr sofort fliegen, als ihr auf die Welt gekommen seid?"

„Nein, das lernt man so mit fünf oder sechs Jahren", antwortete Daka.

„Ist das schwierig?"

„Nein!" (Das war Daka.)

„Ja!" (Das war Silvania.)

„Wie gebt ihr beim Fliegen Gas?"

„Man muss den Kopf senken oder die Arme anlegen", erklärte Silvania.

„Oder beides. Dann geht man richtig ab", fügte Daka hinzu.

„Und wie bremst man?"

„Man richtet den Oberkörper etwas auf", sagte Silvania.

„Und dreht die Handflächen nach vorn", ergänzte Daka.

„Und Lenken?"

„Das macht man mit dem ganzen Körper, als ob man sich in eine Kurve legt", sagte Daka. „So zum Beispiel." Daka legte sich in eine steile Linkskurve. Silvania konnte ihr gerade noch schnell genug folgen. WUSCH!, schossen die Halbvampire mit ihrem Klobrillenfluggast durch die Nacht.

„Juchuuu!", schrie Helene. Sie hatte die Arme

ausgebreitet und lehnte sich nach vorn. Man hätte meinen können, sie wäre ein echter, fliegender Vampir. Ein Vampir, der sich eine Klobrille an den Popo gebunden hatte.

„Boi, boi, boi!“, schrie Daka und setzte zu einer rasanten Rechtskurve an.

Silvania, die sich gerade von der Linkskurve erholt hatte, folgte in letzter Sekunde. Sie atmete schwer. Schweißtropfen bildeten sich unter der Fliegerhaube auf ihrer Stirn. Der nächtliche Ausflug war ihr zu anstrengend, zu rasant und zu gefährlich. Sie flogen zwar nur über das Feld hinter dem Reihenhaus und es war unwahrscheinlich, dass plötzlich aus dem Nichts ein Windrad oder ein UFO auftauchte, aber trotzdem. So, wie ihre Schwester die Kurven flog, überschlugen sie sich womöglich noch.

Silvania hatte sich den Abend mit ihrer gemeinsamen, allerbesten Freundin anders vorgestellt. Nicht so sportlich und nicht so ... so vampirisch. Warum konnten sie nicht richtig spannende Sachen machen, wie zusammen in Zeitschriften blättern, Frisuren ausprobieren und über die Liebe reden?

„Schneller!“, rief Helene.

Daka senkte den Kopf und legte die Arme an. „Rrrapedadi!“

Silvania blieb nichts anderes übrig, als ebenfalls zu beschleunigen. Dabei wäre ihr eine Pause viel lieber gewesen. Die Erdanziehung schien bei ihr stärker zu sein als bei Daka. Ihre Arme fühlten sich so schwer an, als würden Kartoffelsäcke daran hängen. Sie kam sich vor wie ein fliegender Pottwal. So elegant. So leicht. So flugtauglich. „Na gut, noch eine Runde“, sagte sie. „Dann setzen wir zur Landung an, okay?“

„Schon?“ Helene stülpte die Lippen nach außen. Sie sah kurz zu Silvania, die Schweißperlen auf der Stirn hatte. „Einverstanden, aber erst eine extraschnelle Runde mit extravielen Kurven! Bitte!“

Silvania nahm ihre letzte Kraft zusammen. Nur noch eine Runde über das Feld. Das schaffte sie. Gleichzeitig mit Daka senkte sie den Kopf und die zwei Halbvampire, Helene und eine Klobrille schossen wie ein Blitz durch die Nacht. Sie flogen eine Linkskurve. WUSCH! Sie flogen eine Rechtskurve. WUSCH! Die Halbvampire, Helene und die Klobrille wurden immer schneller. Die Kurven wurden immer steiler.

Helene kreischte vor Vergnügen.

Daka schrie: „Boi, boi, boi!“

Silvania riss die Augen weit auf und sah voller Panik in die Nacht. Sie flogen nur noch knapp über dem Erdboden. Das war gut. Aber sie flogen viel zu schnell. Das war schlecht. Plötzlich, nach einer scharfen Rechtskurve, sah Silvania etwas. Es war nur wenige Meter von ihnen entfernt, stand auf dem Feld und schrie. Es war weder ein Windrad noch ein UFO. Es waren zwei dunkle Gestalten, auf die sie direkt mit Höchstgeschwindigkeit zudonnerten.

„AAAAH!“, schrie Frau Tepes.

„OOOOH!“, schrie Herr Tepes.

Für alles andere war es zu spät. Sie konnten nicht

mehr zur Seite springen oder sich auf den Erdboden werfen.

WOMM!, sauste das unbekannte Flugobjekt auf sie zu. KNALL! RUMS! BUMS!, prallte es mit ihnen zusammen.

„AUUU!“, schrie Frau Tepes.

„OIOIOI!“, schrie Herr Tepes.

„Eijeijeijei, aaaaah, Fumpfs!“, schrie das unbekannte Flugobjekt.

Herr und Frau Tepes landeten mit den Hinterteilen auf dem Feld. Einen Moment blieb alles ganz still. Sie rieben sich die Köpfe. Sie wussten nicht, ob die Sterne, die sie sahen, wirklich am Himmel waren.

Dann hörten sie ein Stöhnen hinter sich. Herr und Frau Tepes drehten sich um. Sie musterten die drei Gestalten, die auf dem Feld lagen und sich Ellbogen, Kopf und Beine rieben. Zwei der Gestalten kamen ihnen sehr bekannt vor. Sie hätten fast ihre Töchter sein können. Ein drittes Mädchen lag zwischen ihnen. Es hatte ein metallenes Nudelsieb auf dem Kopf, das bis zur Nase gerutscht war. Das Mädchen war mit einem Gürtel an einer Klobrille festgeschnallt.

„Mihai, ich glaube, das war kein Komet“, sagte Frau Tepes, ohne den Blick von den stöhnenden Gestalten zu lassen.

Mihai schüttelte den Kopf. „Ich habe gerade eine total verrückte Erscheinung: Ich bilde mir ein, ich sehe unsere Töchter!“

„Und ich die Tochter meines Vermieters mit meiner Klobrille und meinem Nudelsieb“, sagte Frau Tepes.

Daka kam als Erste wieder zu sich. Sie strich sich ein paar Getreidehalme aus den Haaren und spuckte Helene dreimal auf den Ellbogen und Silvania auf den Kopf, wie es in Transsilvanien Brauch war, wenn man sich verletzt hatte. Dann setzte sie ein breites Lächeln auf. „Hallo! Wie waren die Ratten?“

Silvania hatte sich ebenfalls aufgerichtet und versuchte ein unschuldiges Gesicht zu machen.

Mihai Tepes funkelte seine Töchter an wie ein Raubtier. „Ins Haus mit euch, aber RAPEDADI!“, sagte er mit donnernder Stimme.

Miese Tage

Die nächsten Tage waren nicht leicht für Silvania und Daka. Ihre Eltern hatten nur wenig Verständnis für den nächtlichen Ausflug mit Helene. Dabei, warfen Silvania und Daka zu ihrer Verteidigung ein, hatten sie noch nicht mal gegen eine der sieben radikalen Regeln verstoßen. Doch das würdigten die Eltern kein bisschen. Offenbar gab es noch andere, unausgesprochene radikale Regeln. Wie „Fliege nie mit einem Menschen", „Benutze dazu nie eine Klobrille und das Nudelsieb deiner Mutter" und vor allem „Fliege nie deine Eltern um, schon gar nicht, wenn sie gerade einen Mondscheinspaziergang machen".

Die Schwestern hatten das Gefühl, dass der Flug gar nicht das Schlimmste war. Nachdem ihr Papa sich etwas beruhigt hatte und ihre Mama im Bad verschwunden war, hatte er sie sogar über die konkrete Flugtechnik und die Idee mit der Klobrille als Passagiersitz ausgefragt. Er hörte sehr interessiert zu. Beinahe hätte er seinen Töchtern danach auf die Schulter geklopft. Doch dann fiel ihm wieder ein, dass er wütend auf sie war.

Viel schlimmer als der Flug war, dass die Zwillinge einem Menschen ihr Geheimnis verraten hatten. Sie hatten einem Mädchen aus ihrer Klasse gesagt, dass sie Halbvampire waren. Und das, obwohl sie gerade mal ein paar Wochen in Deutschland waren. Und ausgerechnet Helene, der Tochter von Zahnarzt Dr. Steinbrück, der seine Praxis über Frau Tepes' Laden hatte und ihr Vermieter war. Elvira Tepes raufte sich die Haare allein bei dem Gedanken!

Daka und Silvania versuchten ihre Mutter zu beruhigen. Sie waren sich sicher, dass sie Helene trauen konnten. Schließlich hatte sie ihnen auch ihr Geheimnis erzählt. Doch Frau Tepes meinte, dass man wegen eines Hörgerätes nicht bei der Polizei oder in der Irrenanstalt landen würde, als Halbvampir aber vielleicht schon. Die Schwestern mussten zugeben, dass da was dran war.

Trotzdem, Helene würde sie nicht verraten. Oder?

Silvania wurde manchmal etwas mulmig bei dem Gedanken.

Daka bekam ein ungutes Kribbeln im großen Zeh.

Aber das behielt jede der Schwestern für sich. Es war sowieso zu spät. Sie hatten Helene nicht nur gesagt, dass sie Halbvampire waren, sondern es ihr auch deutlich gezeigt. Sie *mussten* Helene vertrauen.

Dummerweise sahen sie ihre neue, allerbeste Freundin in den nächsten Tagen nur in der Schule. Die Nachmittage und Abende hatten ihre Eltern für sie mit Aufgaben gefüllt, damit die Schwestern nicht wieder auf Dummheiten kamen. Sie durften die Schuhe der ganzen Familie putzen, Papas Katzenklo frisch machen, seine Rennzecken füttern, leere Karpovkaflaschen wegbringen und Mamas 250 Klobrillen polieren.

Helene hätte den Schwestern gern geholfen, aber sie durften erst mal keinen Besuch mehr mit nach Hause bringen. Elvira Tepes hatte Angst vor weiteren Klobrillenflügen. Und um ihr Nudelsieb. Schließlich hatten die Schwestern mit ihren Eltern eine Abmachung getroffen: Wenn alle Schuhe geputzt, alle Rennzecken gefüttert und alle Klobrillen poliert waren, durften sie Helene besuchen.

Rolltreppenrodeo

Der Besuch bei Helene hatte einen Haken: Sie wohnte in der Innenstadt. Direkt über der Zahnarztpraxis im dritten Stock eines Altbaus. Der Haken daran war, dass die Zwillinge die U-Bahn in die Innenstadt nehmen mussten. Der Haken an der U-Bahn waren die Rolltreppen.

Bei der ersten Rolltreppenfahrt hatte es einen kleinen Zwischenfall gegeben, bei dem Daka auf ihrem Hinterteil gelandet war. Die Schwestern hielten die Rolltreppe noch immer für die gefährlichste Erfindung der Menschheit. Aber mittlerweile hatten sie ihre Technik verfeinert. Wenn viele Menschen auf der Rolltreppe waren, hüpften die Mädchen gleichzeitig mit einem Schlusssprung auf die oberste Stufe und hielten sich dabei an beiden Armen fest. Sie ließen einander nicht los, bis sie von der Treppe gehüpft waren und wieder festen Boden unter den Füßen hatten. Es war eine wackelige Angelegenheit. Waren wenige oder gar keine Menschen in Sicht, kletterten sie rücklings auf das breite Geländer der Treppe, klammerten sich mit Armen und Beinen fest und fuhren so in die Tiefe. Sie ernteten dabei erstaunte Blicke. Die Schwestern fanden es dagegen erstaunlich, dass noch kein Mensch auf die Idee gekommen war.

In der U-Bahn-Station Nordheide, die in der Reihenhaussiedlung lag, war meistens nicht viel los. Daka und Silvania hatten sich jeweils auf eins der Rolltreppengeländer gelegt und fuhren langsam nach unten. Plötzlich spürte Silvania einen Blick. Er kitzelte sie am Hals. Sie sah sich nach rechts um. Auf der anderen Rolltreppe, die nach oben führte, stand ein Junge. Es war derselbe Junge, den sie schon mal an der Rolltreppe getroffen hatte. Er sah Silvania mit großen Augen an. Sie waren hellgrau wie ein Winterhimmel und passten gut zu seinen rotblonden Haaren.

Silvania hob kurz die Hand und winkte. Das hätte sie nicht tun sollen. Sie rutschte seitlich am Geländer hinunter und hing daran wie ein Rodeoreiter kurz vorm Fall vom buckelnden Pferd. Die Augen des Jungen wurden noch größer.

Silvania hielt sich mit aller Kraft am Geländer fest und zwang sich zu einem Lächeln. „Hallo! Schön, mal wieder an dir vorbeizurollen!“, rief sie ihm zu.

Der Mund des Jungen klappte auf. Dann nickte er zögernd. Eine Sekunde später war er am oberen Ende der Rolltreppe verschwunden.

„Kanntest du den?“, fragte Daka, als sie ihrer Schwester vom Geländer half.

„Das ist meine Rolltreppenbekanntschaft“, erklärte Silvania. „Er sieht total süß aus, findest du nicht?“

Daka zuckte die Schultern. „Wie ein Junge eben.“

Silvania seufzte. Mit Daka war in Sachen Jungen, Liebe und Romantik einfach nichts anzufangen. Zum Glück gab es noch Helene. Ein Mädchen wie sie *musste* sich einfach für solche Dinge interessieren. Bestimmt hatte sie etliche Verehrer. Vielleicht hatte sie sogar einen Schwarm. Oder ... Silvania biss sich bei dem Gedanken beinahe auf die Zunge, vielleicht hatte sie sogar schon einen Jungen geküsst!

Obwohl sie bis jetzt noch nichts davon erzählt hatte. Bis jetzt hatte Helene am meisten von ihren Gruselfilmen und Gruselbüchern erzählt. Silvania fand „Hänsel und Gretel" eigentlich gruselig genug. Deswegen war sie auch froh, dass Helene sie zu sich eingeladen hatte und sie nicht mit ihr ins Kino mussten. Denn eigentlich hatte Silvania ihr versprochen, mit ihr in einen Gruselfilm zu gehen.

Während die U-Bahn Richtung Innenstadt ruckelte, hing jedes der Mädchen seinen Gedanken nach. Daka hörte mit ihrem MP3-Player ihre Lieblingsband, *Krypton Krax*. Sie stellte sich vor, neben dem Sänger mit den orangefarbenen Augen auf der Bühne zu stehen und ein paar coole Loopings zu drehen. Die Massen jubelten ihr zu.

Silvania stellte sich vor, sie fuhr bei Mondschein rücklings auf dem Rolltreppengeländer nach unten. Auf dem Geländer gegenüber lag ihre Rolltreppenbekanntschaft und lächelte ihr zu. Seine hellgrauen Augen leuchteten im Halbdunkeln. Dann streckte der Junge ihr die Hand entgegen. Hand in Hand fuhren sie in die Tiefe. Die Rolltreppe nahm kein Ende.

Sturmfrei auf dem Friedhof

„Hallo!“, begrüßte Herr Dr. Steinbrück Daka und Silvania an der Wohnungstür. Er trug Jeans, ein hellbraunes Hemd und über seinem Arm hing ein Jackett.

Silvania und Daka lächelten so breit es ging und hofften, sie sähen aus wie zwei Goldmariechen. Ihre Eltern hatten ihnen eingeschärft, zu Herrn Dr. Steinbrück besonders nett zu sein.

Herr Dr. Steinbrück lächelte zurück, doch dann stutzte er. Mit einer raschen Bewegung holte er seine kleine runde Brille aus der Jacketttasche, setzte sie auf und musterte die Mädchen. Silvania machte ihren Mund schnell wieder zu, doch Daka lächelte noch immer. Sie wollte besonders höflich sein. Herr Dr. Steinbrück beugte sich zu ihr hinunter, nahm ihr Kinn in die Hand und starrte auf die Zähne. Dabei flüsterte er: „Links oben drei und rechts oben drei. Bisskorrektur.“

Daka riss die Augen auf und schreckte zurück. „Biss was?“

„Du brauchst eine Zahnspange. Eindeutig. Deine Eckzähne stehen über. Wenn das nicht behandelt wird, siehst du bald aus wie ein Vampir.“ Herr Dr. Steinbrück lachte.

Silvania lachte vor Schreck laut mit. Etwas zu laut.

Helenes Vater deutete auf ihren Mund. „Und du auch. Scheint in der Familie zu liegen."

Blitzschnell schnappte Silvanias Mund wieder zu.

„Keine Angst", sagte Herr Dr. Steinbrück und steckte seine Brille zurück ins Jackett. „Zahnspangen tun nicht weh. Wenn ihr wollt, können wir gleich einen Termin bei mir machen."

Daka und Silvania schüttelten heftig den Kopf. Dabei pressten sie die Lippen aufeinander.

Herr Dr. Steinbrück kratzte sich am Kopf und sah die Zwillinge verwundert an. Zum Glück kam Helene in dem Moment aus ihrem Zimmer. „Da seid ihr ja schon!" Sie strahlte.

„Also dann", sagte Herr Dr. Steinbrück, wandte sich an seine Tochter und fuhr ihr mit der Hand über den Kopf. „Viel Spaß heute Abend. Ich bin sicher spätestens gegen zehn Uhr zurück. Und stellt keinen Blödsinn an, ja?"

„Keine Sorge", sagte Helene. „Wir brennen nicht das Haus ab, spielen auch nicht in der Praxis mit deinen Bohrern und lassen keine fremden Leute in die Wohnung."

Helenes Papa, der die Hand schon auf der Türklinke hatte, hielt einen Moment inne und runzelte die Stirn. Er sah aus, als schien ihm erst jetzt klar zu werden, welche Art von Blödsinn drei zwölfjährige Mädchen alles anstellen konnten. Doch nun war es zu spät.

Er war bei Freunden zum Essen eingeladen und hatte Helene versprochen, dass sie den Abend allein mit ihren Freundinnen verbringen durfte. Er atmete einmal tief durch. Ach was. Die Mädchen würden wahrscheinlich den ganzen Abend fernsehen oder auf Helenes Bett sitzen und sich über die Schule unterhalten.

Herr Dr. Steinbrück lächelte, hob kurz die Hand zum Abschiedsgruß und verschwand dann mit einem „Bis später!“ aus der Wohnung.

Kaum war die Tür ins Schloss gefallen, stieß Helene einen Freudenschrei aus. „STURMFREI!“, rief sie und teilte dabei jeweils eine Kopfnuss an Silvania und Daka aus. Dann zeigte sie den Freundinnen ihr Zimmer.

Silvania fand das japanische Bett und die schweren rubinroten Vorhänge toll. Daka die Skizzen von behaarten Riesenspinnen, Skeletten und Monstern an der Wand.

Während sich die Schwestern im Zimmer umsahen, betrachtete Helene ihre Freundinnen. Sie fand, sie passten sehr gut in ihr Zimmer. Daka hatte eine knielange schwarze Hose an. Dazu trug sie rotschwarz gestreifte Kniestrümpfe und rote Stoffknöchelschuhe. Auf ihre rote Kapuzenjacke war eine schwarze Badeente mit einem Kettenhalsband gedruckt. Ihre pechschwarzen Haare standen nach allen Seiten ab.

Silvania hatte einen kurzen schwarzen Rock und eine blickdichte schwarze Strumpfhose an, an deren Außenseite sich jeweils eine grüne Schlange hochschlängelte. Über ihrem dunkelgrünen Oberteil trug sie einen schwarzen dünnen Mantel, der ihr bis zum Knöchel reichte. Der Kragen war riesig, und die Ärmel waren weit ausgestellt. Ihre rotbraunen halblangen Haare quollen unter einem schwarzen Hut hervor.

„Ihr seht richtig cool aus“, sagte Helene. Sie saß auf dem japanischen Bett und hatte den Kopf in die Hände gestützt.

„Wir sehen doch aus wie immer“, meinte Daka.

„Na eben“, erwiderte Helene. Sie selbst hatte eine Jeans und ein T-Shirt an. Aber das war okay. Sie würde mit so einem Mantel, einem Hut oder einer Stacheligelfrisur bestimmt nur albern aussehen. So etwas konnten eben nur Halbvampire tragen. „Vor allem passt ihr mit den Klamotten sehr gut an den Ort, den ich euch zeigen will.“

„Wir bleiben nicht hier, in deinem Zimmer, und gucken uns zusammen Zeitschriften an oder reden über … über Jungs und so was?“, fragte Silvania.

Helene schüttelte den Kopf. „Wir haben sturmfrei. Das müssen wir ausnutzen, um uns unbemerkt wegzuschleichen.“

„Und wohin?“, fragte Daka, die grundsätzlich jedem Ausflug und Abenteuer gegenüber aufgeschlossen war.

„Zu meinem Lieblingsort“, erwiderte Helene und lächelte geheimnisvoll.

„Doch ins Kino? In den Park? Oder in eine Eisdiele?“, fragte Silvania hoffnungsvoll. Sie hätte Lust auf eine Kugel Stracciatella.

„Nein“, sagte Helene und senkte die Stimme. „Auf den Friedhof.“

Daka und Silvania folgten Helene durch das verrostete Eisentor auf den alten Innenstadtfriedhof. Die Streben waren kunstvoll geschwungen und sahen aus wie schwarze Blumenranken. Die dunkelgrüne Farbe blätterte bereits ab. Um den Friedhof herum zog sich eine hohe dunkelrote Backsteinmauer. Die Grabsteine säumten düster und stumm auf beiden Seiten den Weg. Um manche hatte sich Efeu gewunden. Die Ranken sahen aus wie gierige Krakenarme. Mächtige Bäume ließen ihre schweren Köpfe über die Gräber hängen.

Die Schritte der Mädchen knirschten auf dem Kiesweg. Der Friedhof war verlassen. Silvania blickte zum Himmel. Er war graublau. Die Dämmerung setzte bereits ein. Bald würde es auf dem Friedhof stockfinster sein. Auf einmal wünschte sich Silvania, sie wären in den Gruselfilm gegangen. Sie tastete am Hals nach ihrer Kette, in dessen Anhänger ein Bild von Oma Zezci und etwas Heimaterde waren. Das beruhigte.

„Ist es nicht wunderschön schaurig hier?“, flüsterte Helene und bog in einen kleinen Seitenweg, über den sich die Äste beugten und einen dunklen Tunnel bildeten.

Silvania sah sich nervös nach allen Seiten um. Ihre Augen standen nicht still.

Daka nickte. „Das sieht fast aus wie in einem Video von *Krypton Krax*.“

„Manche Grabsteine sind richtig uralt“, sagte Helene. „Da liegen Leute, die schon über 200 Jahre tot sind.“

Silvania schlug den Mantelkragen hoch. Ihr war auf einmal sehr kalt. „Das ist also dein Lieblingsort. Schön, dass wir den gesehen haben. Und wohin gehen wir jetzt?"

„Jetzt geht's doch erst richtig los", erwiderte Helene.

„Was geht los?", fragte Silvania.

„Wir denken uns Geschichten zu den Gräbern aus. Das mache ich immer so. Zu dritt macht es sicher noch mehr Spaß als allein."

Silvania und Daka warfen sich einen fragenden Blick zu. Helene ging zu einem grauen klobigen Grabstein, der an den Rändern mit Moos bewachsen war. Die Inschrift war golden und Helene las sie leise vor: „Hier ruhen Max von Thalbach, 12.03.1876 bis 24.12.1921, und Isolde von Thalbach, geborene Kruse, 28.09.1886 bis 24.12.1922."

Helene sah die Zwillinge erwartungsvoll an. Sie zuckten beide die Schultern. „Okay, ich fange an", sagte Helene. „Also – Isolde Kruse war bei den vornehmen von Thalbachs ein Dienstmädchen. Max verliebte sich in die schöne Isolde. Gegen den Willen seiner Eltern heiratete er sie, obwohl sie zehn Jahre jünger war und eine einfache Kruse. Die Eltern verstießen Max und Isolde, die von da an in Armut lebten. Max wurde sehr krank und starb genau am Weihnachtstag 1921. Isolde merkte, dass sie ohne ihren geliebten Max nicht leben konnte. Genau ein Jahr später tröpfelte sie Gift in ihren Glühwein. Dann setzte sie sich unter den Weihnachtsbaum und folgte ihrem Max ins Reich des Todes."

Silvania starrte Helene mit offenem Mund an. Eine Gänsehaut lief ihr von den Waden bis zum Nacken. Die Geschichte war fast so gut wie einer ihrer Liebesromane.

„Und jetzt seid ihr dran“, sagte Helene.

„Hab schon verstanden“, meinte Daka und schritt auf ein großes Grabdenkmal zu. In der Mitte kniete eine männliche Steinfigur. Bis auf einen Helm und einen Schild war sie nackt. Die Figur hielt den Kopf gesenkt und hatte die Augen geschlossen. Auf dem Grabstein unter der Figur standen zahlreiche Namen und Jahreszahlen. Daka hockte sich vor das Grab und studierte die Inschriften. Dann richtete sie sich auf und zählte etwas an ihren Fingern ab. Helene und Silvania beobachteten sie neugierig. Schließlich sagte Daka: „Also, das ist ganz einfach: Karl, Heinrich und Hermann Groneberg sind alle im Ersten Weltkrieg gefallen. Hilmar, Siegfried, Herbert und Alfons sind im Zweiten Weltkrieg gefallen.“ Sie deutete auf die Jahreszahlen, nickte und verschränkte dann die Arme.

Helene sah sie mit gerunzelter Stirn an. „Aber das ist doch keine Geschichte.“

„Das ist Geschichte pur“, fand Daka.

„Ja, schon. Aber das ist so ... so unromantisch“, sagte Helene.

„Was kann ich dafür, dass Hilmar und seine Brüder damals in den Krieg mussten und keinen netten Tod mit ihren Freundinnen haben konnten?“

Während Helene und Daka über romantische Todesursachen redeten, stand Silvania stocksteif und lauschte. Doch sie achtete nicht auf das Gespräch der Mädchen. Sie hörte Schritte auf dem Kiesweg. Ganz leise und flink. Wie eine Katze. Aber es war nicht nur das. Sie spürte auch etwas. Es war ein uralter Instinkt, der ihr sagte, sie solle sich verstecken. Silvania blickte den Tunnelweg entlang. Jeden Moment konnte jemand vom Hauptweg um die Ecke biegen. Die Schritte kamen unaufhaltsam näher. *Knirsch, knirsch, knirsch.*

Da! Eine dunkle Gestalt. Silvania fuhr herum, packte Helene und Daka am Arm und zog sie hinter den Grabstein des Kriegerdenkmals.

„Was ist –", begann Daka.

„PSSST!", machte Silvania und deutete auf den Weg, von dem deutlich Schritte zu hören waren. Die Mädchen spähten hinter dem Grabstein hervor. Ganz langsam und vorsichtig.

Jemand kam den Tunnelweg entlang. Es war eine schmächtige Gestalt. Sie ging langsam, aber zielstrebig. Vor dem Grab von Max und Isolde von Thalbach blieb sie stehen.

Helene holte tief Luft. „Das ist Ludo!", flüsterte sie.

Tatsache. Ludo Schwarzer stand vor dem Grab und starrte auf den Grabstein. Seine halblangen Haare waren zerzaust und er sah noch düsterer aus als in der Schule. „Hallo, ich bin's mal wieder", sagte er.

Daka sah sich nervös um. „Redet der mit uns?", flüsterte sie.

„Nein, mit dem Grabstein", flüsterte Silvania.

Ludo hockte sich hin. „Ich habe alles besorgt“, sagte er leise. Dann sah er sich nach allen Seiten um. Die Mädchen zuckten zusammen, als sein Blick kurz auf das Kriegerdenkmal fiel. Doch er hatte sie nicht gesehen. Einen Moment blieb er ganz ruhig vor dem Grab der Thalbachs sitzen und lauschte. Dann begann er mit der bloßen Hand im Erdboden vor dem Grabstein zu schaufeln. Binnen Sekunden hatte er ein kleines Loch ausgehoben. Mit der anderen Hand suchte er etwas in seiner Umhängetasche. Er legte einen länglichen braunen Gegenstand in die Kuhle und einen hellen rechteckigen.

„Was ist das?“, flüsterte Daka.

Silvania zuckte die Schultern.

Helene sagte: „Vielleicht eine Wurst?“

Plötzlich schoss Ludos Kopf in die Höhe. Die Mädchen erstarrten. Ludo sah vollkommen reglos zu ihnen hinüber. Auf dem Friedhof war es totenstill. Konnte er sie erkennen? Oder war es schon zu dunkel? Die Sekunden verstrichen. Helene wusste nicht, wie lange sie noch die Luft anhalten konnte. Daka kitzelte es in der Nase. Und Silvania musste auf einmal dringend.

Endlich wandte Ludo den Blick ab. Die Mädchen entspannten sich, machten dabei aber keinen Mucks. Ludo bedeckte die beiden Gegenstände in der Kuhle mit Erde und schaufelte das ganze Loch wieder zu. In die Mitte steckte er ein paar Grashalme. Wenn man nicht genau hinsah, konnte man nicht erkennen, dass hier jemand ein Loch gegraben hatte.

Ludo stand auf. Er nickte kurz Richtung Grabstein. Dann wandte er sich zum Gehen. Als er schon auf dem Tunnelweg war, drehte er sich noch einmal um. Er sah zum Kriegerdenkmal. Seine ockerfarbenen Augen leuchteten im Mondlicht. Mit einem Ruck fuhr er schließlich herum und verschwand kurz darauf gewandt wie eine Katze auf dem Kiesweg.

Helene und die Zwillinge blieben hinter dem Kriegerdenkmal stehen. Bei Ludo wusste man nie, ob er wirklich weg war oder nicht in der nächsten Sekunde wieder auftauchte. Sie starrten in die Dunkelheit und lauschten.

Nichts.

„Meint ihr, er ist weg?", flüsterte Daka schließlich.

„Sieht so aus", fand Helene.

Langsam richteten sich die Mädchen auf. Sie sahen sich nochmals nach allen Seiten um, bevor sie hinter dem Kriegerdenkmal hervortraten.

Daka trat vor das Grab von Max und Isolde von Thalbach. „Was hat Ludo hier gemacht? Waren das vielleicht seine Großeltern?"

„Gumox!", warf Silvania ein. „Höchstens seine Ururgroßeltern."

„Aber wieso gräbt er hier etwas ein?", wunderte sich Daka. „Soweit ich weiß, bepflanzen Menschen Gräber nur mit Blumen. Sie verstecken keine Gegenstände dort, oder?"

Helene nickte. „Normale Menschen machen das nicht."

„Na ja, ist ja auch egal", fand Silvania und ließ ihren Blick hastig über den stockfinsteren Friedhof gleiten. Sie rieb sich die Hände. „Ich habe jetzt für die nächsten Monate genug Friedhof gesehen. Zeit, dass wir uns wieder auf den Nachhauseweg machen.“

„Wir können doch jetzt nicht einfach gehen!“, sagte Helene.

„Wieso nicht?“ Silvania sah sich um, ob sie irgendwo ein Hindernis entdecken konnte.

„Wir müssen herausfinden, was Ludo eben vergraben hat“, sagte Helene.

„Müssen wir echt?“ Silvania zog die Augenbrauen zusammen.

„Los, buddeln wir es aus!“, sagte Daka, ging in die Hocke und begann, mit der Hand zu graben.

Helene half ihr.

„Ich … äh … halte dann mal Wache“, sagte Silvania und blieb neben den hockenden Mädchen stehen.

Es dauerte nicht lange, bis Daka und Helene die Gegenstände ausgegraben hatten. Sie hielten sie ins Mondlicht und musterten sie.

„Das ist also die Wurst“, meinte Daka.

„Sieht aus wie eine Zigarre.“ Helene roch daran. „Ist auch eine.“

„Und das andere Ding hier ist …“

„Ein Teebeutel. Pfefferminzgeschmack. Das rieche ich sofort“, sagte Silvania.

Die Mädchen sahen sich ratlos an. „Wieso vergräbt Ludo nachts auf einem Friedhof eine Zigarre und einen Pfefferminzteebeutel?“, fragte sich Helene laut.

„Vielleicht ist das hier nur sein Versteck. Andere haben einen Safe oder eine geheime Kiste zu Hause, und Ludo vergräbt seine Schätze eben auf dem Friedhof", sagte Silvania.

„Wenn er die hier versteckt, verrotten sie aber", gab Daka zu bedenken.

„Vielleicht liegen die Sachen gar nicht so lange hier", sagte Helene und machte ein Gesicht, als löse sie gerade eine schwierige Matheaufgabe. „Vielleicht kommt jemand und holt das Zeug ab."

„Du meinst so etwas wie eine geheime Übergabe?", fragte Daka.

„Genau. Max' und Isoldes Grab ist der geheime Übergabeort", sagte Helene.

Silvania runzelte die Stirn. „Ludo dealt also mit Zigarren und Pfefferminzteebeuteln?"

„Hm", machte Helene und kratzte sich am Kopf. „Vielleicht ist das ja eine ganz besondere Zigarre und ein ganz besonderer Pfefferminzteebeutel."

„Am besten, wir graben sie wieder ein. Wenn sie dann nach ein paar Tagen weg sind, wissen wir, dass sie jemand abgeholt hat", sagte Daka.

Helene und Silvania stimmten zu.

„Eins verstehe ich trotzdem nicht", sagte Daka, während sie das Loch mit der Zigarre und dem Pfefferminzbeutel darin wieder mit Erde bedeckte. „Warum redet Ludo mit einem Grabstein?"

„Manche Menschen machen das. Sie tun so, als würden sie sich mit den Leuten im Grab unterhalten", sagte Helene.

Daka starrte auf den Grabstein. Dann schüttelte

sie den Kopf. „Also ich finde, wir sollten Ludo auf jeden Fall im Auge behalten."

Silvania nickte. „Irgendetwas stimmt mit ihm nicht. Ich habe immer ein ganz komisches Gefühl, wenn er auftaucht."

„Cool. Das wird also unsere erste gemeinsame Operation", sagte Helene. „OLS."

„OLS?", wiederholten Daka und Silvania.

„Operation Ludo Schwarzer."

Plötzlich raschelte es in den Ästen über ihnen. Kurz darauf flog ein schwarzer Vogel auf. Silvania sah ihm mit großen Augen nach. Immerhin, es war keine Taube. „Können wir auch woanders weiteroperieren oder müssen wir dazu auf dem Friedhof bleiben?"

Helene sah auf die Uhr. „OLS geht morgen weiter", verkündete sie dann.

Silvania atmete erleichtert aus.

Krasser Krankenbesuch

Die Operation Ludo Schwarzer hatte am nächsten Tag mit einem entscheidenden Problem zu kämpfen: Das Subjekt der Operation erschien nicht in der Schule. Wie konnten Silvania, Daka und Helene jemanden beobachten, der gar nicht da war?

Die Zwillinge beschlich die Idee, dass Ludo aus irgendeinem Grund ahnte, was sie vorhatten. Hätten die Zwillinge geahnt, was die Lehrer an diesem Schultag vorhatten, wären sie auf jeden Fall auch zu Hause geblieben. Sowohl in Biologie als auch in Deutsch und Mathe schrieben sie einen unangekündigten Test. Drei Lehrer hatten gleichzeitig dieselbe blöde Idee. Das war reichlich unoriginell, fanden die Zwillinge.

Nur die Kunstlehrerin Frau Meusinger hatte sich etwas Besonderes ausgedacht. Sie schrieb keinen Test, sondern gab Monsterhausaufgaben auf. Das war auch nicht wahnsinnig originell, aber besser als ein Test. Daka und Silvania bekamen sogar eine Sonderaufgabe. Sie mussten nicht wie die anderen Schüler verstaubte kunsthistorische Bücher wälzen, sondern Oma Rose im Kunstpalais besuchen und über die Ausstellung „Japanische Kunst der Edo-Zeit“ berichten.

Das kam so: Frau Meusinger hatte sich bei ihrem

Besuch der aktuellen Ausstellung besonders gut mit der Museumsführerin verstanden und lange unterhalten. Über die Kunst an sich, über das Kunstpalais, über Künstler in Bindburg und über Kunstgeschichte. Dann machten sie eine Kunstpause und sprachen über ihre Ehemänner und Kinder. Die Museumsführerin erzählte von ihren Enkelkindern, die gerade erst aus Siebenbürgen nach Bindburg gezogen waren. Frau Meusinger ging ein Licht auf. Sie erzählte der Museumsführerin von ihrer Stelle an der Gotthold-Ephraim-Lessing-Schule. Oma Rose ging ebenfalls ein Licht auf. Nur für Daka und Silvania wurde es dunkel: Sie bekamen eine Hausaufgabe aufgebrummt. Das kommt dabei heraus, wenn sich Omas und Lehrerinnen zu lange miteinander unterhalten.

Nach Schulschluss wartete Helene vor der Schule auf die Zwillinge. Sie mussten sich erst noch im Gebäude mit Sonnencreme einschmieren, denn der Tag war unangenehm sonnig.

Als Daka aus dem Schultor trat, setzte sie sofort ihre große Sonnenbrille auf. Silvania zog ihre Schildmütze tiefer in die Stirn. „So ein Mistwetter“, murmelte sie.

Frau Burckhardt, die Musiklehrerin, die gerade an ihnen vorbeiging, sah sie irritiert an.

Helene winkte den Schwestern zu. Sie wirkte aufgeregt.

„Was ist los? Ist das Terror-Trio wieder irgendwo?“, fragte Daka, als sie bei Helene ankamen, und sah sich nach allen Seiten um. Daka und Silvania hatten Helene vor ein paar Tagen vor einem Volltreffer mit einer Honigmelone gerettet. Die Honigmelone kam von Missy Master, Killa K und BH, dem Terror-Trio aus der Zehnten.

„Nein. Ich habe nur *die* Idee!" Helene wippte auf den Zehenspitzen und blickte im Sekundentakt von Daka zu Silvania. „Ich weiß, was wir in Sachen OLS machen."

„Wir verschieben OLS auf morgen?", fragte Silvania.

„Eben nicht! Ludo war heute nicht in der Schule, richtig?"

Die Schwestern nickten.

„Und wenn ein Schüler nicht in der Schule ist, dann …"

„Macht er sich einen schönen Tag", warf Daka ein.

Helene sah sie kurz verdutzt an. „Nein, dann ist er bestimmt krank."

„Auf dem Friedhof sah er noch ganz gesund aus", meinte Silvania. Zumindest sah er nicht weniger matt und zerbrechlich aus als sonst.

„Ist ja auch egal, ob er krank ist oder nicht", sagte Helene. „Wir machen auf jeden Fall einen Krankenbesuch. Und zwar am besten sofort. Morgen ist Ludo vielleicht schon wieder in der Schule."

„Bei so viel Sonne kann ich nicht so schnell denken. Wieso sollen wir Ludo besuchen?", fragte Daka.

„Weil wir nett sind", antwortete Helene und fügte dann grinsend hinzu: „Und neugierig."

Silvania nickte langsam. „Ein Krankenbesuch. Keine schlechte Idee. Weißt du, wo Ludo wohnt?"

„Ja, es sind nur vier Stationen mit der Straßenbahn. Oder zwei mit der U-Bahn."

„Straßenbahn!", riefen Silvania und Daka wie aus einem Mund. Die Straßenbahn ruckelte und quietschte, stand manchmal im Stau und fuhr viel langsamer. Aber sie hatte einen entscheidenden Vorteil: Es gab keine Rolltreppen.

Eine Viertelstunde später stiegen die drei Mädchen in einem Wohngebiet aus. Es war keine neue Reihenhaussiedlung wie die, in der die Tepes wohnten. Die Häuser hier waren größer, älter und meistens von einem Garten umgeben. Manche Grundstücke waren von hohen Zäunen geschützt, andere von Hecken.

„Da, die Nummer 36, das braune Haus mit dem spitzen roten Dach und dem Türmchen ist es", sagte Helene.

Das Grundstück Nummer 36 war von einem alten, morschen Holzzaun umgeben. Der Briefkasten am Zaun sah aus wie ein Stück von einem alten Ofenrohr. Auf einem Keramikschild stand mit Schnörkelschrift: Schwarzer. Daka suchte nach der Klingel, entdeckte aber keine. „Wahrscheinlich ist nur an der Wohnungstür eine", sagte sie und drückte vorsichtig die Klinke an der Zauntür hinunter. Mit einem leichten Quietschen ging die Tür auf.

Die drei Mädchen traten auf den Kiesweg, der zum Haus führte. Links und rechts davon wuchs eine Wiese. Die Gräser reichten ihnen bis über die Knie. Langsam gingen die Mädchen auf das Haus zu.

Silvania musterte die vielen verschiedenen Fenster. Es gab zwei riesengroße Fenster in der Mitte auf einer Art Vorbau. Direkt unter dem Spitzdach gab es ein kleines rundes Fenster. Das Türmchen an der rechten Hausseite war rundum von Fenstern umgeben, die gerade groß genug waren, dass jemand den Kopf hinausstecken konnte. Silvania hatte das Gefühl, das Haus hatte Augen. Wachsame Augen, die sie beobachteten.

Zum Hauseingang führten drei Stufen. Über dem Eingang war ein kleines Spitzdach. Links und rechts von der Tür saßen zwei riesengroße Katzen. Sie waren aus Stein. Daka entdeckte neben der rotbraunen Tür einen großen goldenen Klingelknopf. Doch etwas hielt sie davon ab, ihn zu drücken. Sie schielte zu Helene. Ihre Nasenspitze war leichenblass. Silvania sah nicht viel besser aus. Allerdings war Silvania immer leichenblass, wie es sich für einen Halbvampir gehörte. Ihre Augen flackerten nervös. Das gehörte sich nicht für einen Halbvampir.

Plötzlich flog die Haustür mit einem Ruck auf. „Was wollt ihr hier?“ Ludo Schwarzer stand vor ihnen und funkelte sie feindselig an.

Die drei Mädchen rissen gleichzeitig die Augen auf. Doch keine sagte ein Wort.

Ludo legte den Kopf schräg. „Was ist?“

Silvania sah zu Boden.

Helene biss sich auf die Unterlippe.

Daka räusperte sich. „Wir … äh … machen einen Krankenbesuch."

„Bei mir?" Ludo zog die Augenbrauen hoch.

„Ja. Bist du etwa nicht krank?", fragte Silvania.

„Nein, also, doch, schon, irgendwie, aber nicht schlimm", erwiderte Ludo.

In dem Moment erklang aus dem Haus ein Scheppern. Darauf folgte ein markerschütternder Schrei. Helene zuckte zusammen und Silvania und Daka spitzten die Ohren. Der Schrei kam aus dem Keller, da waren sie sich sicher. Doch ob er von einem menschlichen Wesen kam, war schwer zu sagen.

Ludo tat so, als würde er nichts hören. Er stand stocksteif in der Tür. Wären die Mädchen nicht so abgelenkt gewesen, hätten sie sehen können, dass seine Wimpern ganz leicht zuckten.

Der Schrei hörte kurz auf, doch dann setzte er abermals ein, noch lauter und noch durchdringender als zuvor. Die Zwillinge hatten ein sehr gutes Gehör. So einen Schrei hatten sie noch nie gehört, in ganz Transsilvanien nicht. Er klang weder nach Mensch noch nach Tier. Er klang, als käme er direkt aus den dunkelsten Abgründen der Unterwelt.

„Also", sagte Ludo auf einmal. „Danke für euren Krankenbesuch. Bis morgen in der Schule dann." Daraufhin knallte er ihnen die Tür vor der Nase zu. So kräftig, dass Helene eine Stufe rückwärts nach unten stolperte. Daka und Silvania hielten ihre neue allerbeste Freundin blitzschnell fest.

Einen Moment blieben die Mädchen verwirrt vor der Haustür stehen. Die Schreie aus dem Keller waren verstummt. „Lasst uns gehen“, sagte Silvania schließlich.

Helene nickte. „Ich erkläre die OLS für heute beendet.“

Die Mädchen waren schon fast beim Holzzaun angekommen, als sich die Haustür nochmals öffnete. Ludo streckte den Kopf heraus. „He!“, rief er und die drei Freundinnen drehten sich um. „Ich wollte euch nur sagen ...“ Ludo zögerte und fixierte Daka und Silvania mit den Augen. „Geht heute auf keinen Fall ins Kunstpalais.“

Die Zwillinge warfen sich einen erstaunten Blick zu, und im nächsten Moment flog die Haustür wieder zu.

„Aber ... warum?“, rief Silvania.

Doch es war zu spät. Das Haus stand stumm da und sah sie mit den Fensteraugen finster an.

Millionenschwere Prunkstücke

Rose Wagenzink arbeitete seit acht Jahren als fest angestellte Museumsführerin für das Kunstpalais Bindburg. Zuvor hatte sie viele Jahre beim museumspädagogischen Dienst gearbeitet. In der Zeit hatte sie in fast allen Museen der Stadt Führungen veranstaltet. Sie galt als hervorragende Spezialistin auf dem Gebiet der Malerei des 19. Jahrhunderts. Ihr zweites Spezialgebiet war die japanische Kunst. Während ihres Studiums, bevor sie Opa Gustav kennenlernte, hatte sie ein Jahr in Osaka gelebt. Es hatte ihr sehr gut gefallen. Aber nicht so gut, dass sie bleiben wollte.

Seit letztem Wochenende hatte Oma Rose mehr als üblich im Kunstpalais zu tun. Dem Leiter des Kunstpalais, Herrn Dr. Cornelius Dieskau, war es nach zähen Verhandlungen und intensiven Bemühungen gelungen, einen lang gehegten Traum zu verwirklichen: Er hatte es geschafft, eine Ausstellung über die japanische Kunst der Edo-Zeit ins Kunstpalais zu holen. Besonders stolz war er auf mehrere Leihgaben des Tokyo National Museums. Darunter waren Stücke, die über eine Million Euro wert waren.

Der Besucheransturm nach der Eröffnung am Wochenende war enorm gewesen. Herr Dr. Cornelius Dieskau war entzückt. Rose Wagenzink war im

Stress. Sie bot drei Führungen am Tag an. Eine am Vormittag, eine am Nachmittag und eine am Abend, bevor das Museum schloss. Heute freute sie sich besonders auf die letzte Führung des Tages. Nicht weil sie dann endlich Feierabend hatte – obwohl, deswegen sicher auch –, sondern vor allem, weil ihre Enkeltöchter Silvania und Daka an der Führung teilnahmen. Ihre Kunstlehrerin, Frau Meusinger, hatte den Vorschlag gemacht. Oma Rose fand, Frau Meusinger war eine kluge, patente Frau.

Die letzte Führung begann um 17:30 Uhr. Daka und Silvania erschienen um 17:29 Uhr im Kunstpalais. Rose Wagenzink begrüßte ihre Enkeltöchter herzlich, dann zog sie ihre graublaue Kostümjacke glatt und wandte sich der Besuchergruppe zu, die sich zur Führung eingefunden hatte. „Herzlich willkommen im Kunstpalais zu unserer Sonderausstellung zur japanischen Kunst der Edo-Zeit." Rose Wagenzink lächelte, einige Besucher lächelten zurück. „Wohl kaum jemand kann sich der Faszination der japanischen Kunst entziehen. Sie anscheinend auch nicht, sonst wären Sie nicht hier." Die Museumsführerin lächelte abermals. „Besonders vielfältig war die Kunst während der Edo-Zeit, also von 1615 bis 1868."

Rose Wagenzink warf kurz einen Blick auf Silvania und Daka. Silvania hielt einen Block in den Händen und schrieb eifrig mit. Daka grinste ihre Oma an.

„Beginnen wir nun mit dem ersten Ausstellungsraum, in dem wir die Rekonstruktion eines Raums zur Teezeremonie vorfinden." Rose Wagenzink ließ den Besuchern mit einer Armbewegung den Vortritt.

Zusammen mit den anderen Besuchern folgten Daka und Silvania ihrer Oma durch die Ausstellungsräume. Oma Rose nickte ihren Enkeln immer wieder aufmunternd zu. Vor allem, wenn sie die Besucher dazu aufforderte, Fragen zu stellen. Ein Mann fragte: „Halten Sie es für möglich, dass die Künstlerin mit der Perspektivwahl eine Sozialkritik äußern wollte?“ Eine Frau wollte wissen: „Wie ist das Gemälde im großen kunsthistorischen Zusammenhang einzuordnen?“

Oma Rose mochte solche Fragen nicht. Nicht weil sie darauf keine Antwort wusste, sondern weil sie die Fragen langweilig fand. Sie war froh, als Daka sich erkundigte, warum die Frau auf dem Bild Mikadostäbe im Haar hatte. *Das* war eine interessante Frage.

Im vorletzten Raum versammelte sich die Besuchergruppe um einen großen Fächer. „Das ist ein ganz besonderes Ausstellungsstück“, erklärte Rose Wagenzink. Der Fächer leuchtete rosarot. An einer Seite waren mit goldener Farbe zarte Äste aufgemalt. Daran hingen winzige weiße Blüten. Ein hellblauer Schmetterling hatte sich auf einem Ast niedergelassen. Auf die andere Seite des Fächers hatte der Künstler einen weißen Vogel gemalt. Er reckte seinen tiefgelben Schnabel gen Himmel. Seine Beine waren schwarz. Über den oberen Rand des Fächers zog sich ein schmaler goldener Saum.

„Ist der schön!“, sagte Silvania.

Oma Rose nickte. „Der Fächer ist sozusagen das Prunkstück unserer Ausstellung. Er ist nicht nur eines der schönsten, sondern auch das wertvollste Stück."

Jetzt beäugten alle Besucher neugierig den Fächer. Rose Wagenzink erzählte etwas zu seiner Geschichte. Silvania schrieb mit.

Im letzten Ausstellungsraum befanden sich mehrere japanische Stellschirme. Rose Wagenzink bemühte sich, sie für ihre Besuchergruppe interessant zu machen. Doch wie am Ende jeder Führung waren die Besucher auch dieses Mal ermüdet. Rose Wagenzink konnte das gut verstehen. Ihr selbst drehte sich schon vor lauter Kunst der Kopf und ihr Hals war trocken vom langen Reden. Sie war froh, als sie sich im Foyer von den Besuchern verabschiedete, die ihr für die interessante Führung dankten.

Die meisten Besucher hatten das Museum schon verlassen. In wenigen Minuten schloss das Kunstpalais, und der Pförtner, Herr Schnölzel, ging bereits durch die einzelnen Räume, um besonders innige Kunstliebhaber sanft, aber bestimmt von den Kunstwerken loszureißen.

„Ich gehe nur noch mal schnell auf Toilette und hole meine Sachen aus dem Angestelltenraum", sagte Rose Wagenzink zu ihren Enkeltöchtern. „Wartet hier im Foyer auf mich."

Daka und Silvania nickten. Oma Rose winkte ihnen kurz zu, dann war sie verschwunden und auf dem Weg zur Toilette. Hätte sie geahnt, unter welchen Umständen sie ihre Enkeltöchter wiedersehen würde, hätte sie lieber in die Hose gemacht.

Kehraus im Kunstpalais

Daka und Silvania standen vor einer großen Bronzestatue im Foyer und beobachteten die letzten Besucher beim Verlassen des Kunstpalais. Sie zogen sich Jacken und Mäntel über, schwangen sich Tücher um den Hals oder hängten sich Taschen über die Schultern. Manche warfen noch einen kurzen Blick auf die Bronzestatue. Manche auf Daka und Silvania. Dann verließen sie das Museum durch die hohen Türen. Draußen dämmerte es bereits.

Daka summte *Krypton Krax* und überlegte, ob sie sich auch mal Mikadostäbe in die Haare stecken sollte. Das sah bestimmt cool aus.

Silvania dachte an den rosaroten Fächer. So einen hätte sie auch gerne. Er würde nicht nur schick aussehen, sondern wäre ebenfalls praktisch gegen die Sonne oder vielleicht sogar beim Fliegen. In der Schule könnte sie sich dahinter verstecken, wenn sie ein Nickerchen machte. Und falls ein Junge sie ansprach und sie rote Ränder um die Augen bekam (was sehr gut möglich war), dann konnte sie den Fächer neckisch vor ihr Gesicht halten.

Silvania seufzte. Falls ein Junge sie ansprach …

„Woran denkst du?“, fragte Daka, die den Seufzer gehört hatte. „An Blutwurst mit Kartoffelbrei?“

„Gumox! An den rosaroten Fächer.“

„Ach so“, sagte Daka. „Eigentlich war die Hausaufgabe von der Meusinger doch gar nicht so schlimm, oder?“

„Ich fand die Führung richtig spannend“, meinte Silvania.

„Ja, bei Oma Rose versteht man wenigstens was.“

Silvania und Daka waren sich einig, dass ihre Oma die beste Museumsführerin der Welt war. Obwohl sie noch nicht so viele andere erlebt hatten. Aber besser als Oma Rose – das ging gar nicht. Sie machte zwar dreimal am Tag, sechs Tage die Woche die gleiche Führung, trotzdem klang es nie einstudiert oder heruntergeleiert. Man hatte das Gefühl, man würde die Kunstwerke gerade erst in dem Moment zusammen mit ihr entdecken.

„Und siehst du“, fuhr Daka fort, „es ist, wie ich es gesagt habe: Nichts ist im Kunstpalais passiert. Dieser Ludo wollte sich nur wichtigmachen.“

Silvania nickte. Doch als sie an Ludos ockerfarbene Augen dachte, die einen wie ein Strudel in die Tiefe ziehen konnten, lief ihr ein kurzer Schauer über den Rücken. „Trotzdem ist es seltsam: Woher wusste er, dass wir heute ins Kunstpalais gehen?“

Daka stülpte die Lippen nach außen. „Vielleicht hat er uns mal wieder belauscht.“

„Wann denn? Vor seinem Haus? Da haben wir nicht über das Kunstpalais geredet.“

„Dann hat er das mit dem Kunstpalais eben einfach so gesagt. Es war Zufall.“

Silvania strich sich gedankenverloren über den Nasenrücken. Sie glaubte nicht an Zufall. Sie glaubte nur an Schicksal. Das kannte sie aus ihren Romanen. „Und dann diese furchtbaren Schreie aus dem Keller“, erinnerte sie sich. Helene hatte gedacht, ihr Hörgerät wäre kaputt.

Daka nickte. „Die waren echt unheimlich.“

„Ich glaube, ich will gar nicht wissen, was bei den Schwarzers im Keller abgeht.“

„Ich schon“, sagte Daka.

In dem Moment kam der Pförtner aus dem Ausstellungsraum mit den Stellwänden. Er klapperte mit einem großen Schlüsselbund und trieb zwei besonders hartnäckige Besucher Richtung Ausgang. Nachdem die Besucher durch die hohe Tür nach draußen verschwunden waren, war das Foyer menschenleer. Bis auf Pförtner Schnölzel und zwei Halbvampire.

Der Pförtner drehte sich zu den Zwillingen um. „Feierabend für heute, auch für die jungen Damen“, sagte er und deutete zur Tür.

„Wir warten auf unsere Oma“, sagte Daka.

„Frau Wagenzink“, ergänzte Silvania.

Das Gesicht des Pförtners hellte sich auf. „Ah, ihr seid die Enkeltöchter aus Siebenbürgen.“

Silvania und Daka stellten sich gerade hin, nickten und lächelten. Sie wussten, dass das bei Erwachsenen gut ankam.

Herr Schnölzel lächelte zurück. Keiner sagte etwas. Schließlich kratzte sich der Pförtner am Kopf. „Na ja, ich nehme mal an, dass ihr hier keine Dummheiten anstellt. Eure Oma kommt sicher jeden Moment. Ich geh dann noch mal schnell aufs stille Örtchen, bevor meine Nachtschicht anfängt."

Daka und Silvania nickten und lächelten wieder. „Auf Wiedersehen!", riefen sie Herrn Schnölzel nach, der mit kleinen schnellen Schritten um die Ecke zu den Toiletten verschwand.

Dann waren Daka und Silvania allein im Foyer. Ohne die wimmelnden Besucher wirkte der Raum groß und kühl. Der Sekundenzeiger auf der großen Uhr an der Wand gegenüber lief unermüdlich und tonlos seine Runden. Die Schwestern standen vor der Bronzestatue und warteten. Der Sekundenzeiger umrundete das Ziffernblatt zum zweiten Mal. Sie warteten. Der Sekundenzeiger umrundete das Ziffernblatt zum fünften Mal. Sie warteten. Der Sekundenzeiger umrundete das Ziffernblatt zum zehnten Mal. Sie warteten.

Als elf Minuten vergangen waren, wurden die Zwillinge nervös. Wo blieb ihre Oma? Wieso kam der Pförtner nicht zurück? Sie sahen sich ratlos an. Auf einmal fühlten sie sich im verlassenen Foyer ganz klein. Ein seltsames Gefühl kroch ihnen wie eine Schlange über den Rücken. Es war eine Mischung aus Sorge, Neugierde und Angst.

Das Geburtstagsgeschenk

Gina Golert hatte am Abend zuvor mit ihrem Bruder Marko ihren 37. Geburtstag gefeiert. Sie hatten sich bei einem Italiener eine Platte mit Meeresfrüchten für zwei Personen geteilt. Doch das richtige Geburtstagsgeschenk würde sich Gina heute mithilfe ihres Bruders selbst abholen. Und zwar aus dem Kunstpalais.

Bis jetzt war die ganze Aktion das reinste Picknick. Alles lief nach Plan. Wie bei all den Kunstrauben zuvor war es auch dieses Mal einfach gewesen, die Waffen ins Museum zu schmuggeln. Was vermutlich daran lag, dass es Spielzeugwaffen waren. Verblüffend echt aussehende Spielzeugwaffen. Vielleicht lag es aber auch an Ginas Schauspieltalent oder an ihren großen dunkelgrünen Augen, dass die Leute ihr vertrauten und dachten, sie würde keiner Fliege ein Haar krümmen können.

Marko wirkte mit den breiten Schultern und der untersetzten Figur nicht ganz so friedliebend. Aber das zählte auch nicht zu seinen Aufgaben. Im Gegenteil: Je gefährlicher er aussah, desto besser.

Die Geschwister Golert hatten ihr Handwerk von Onkel Alfred gelernt, bei dem sie aufgewachsen waren. Onkel Alfred handelte offiziell mit Antiquitäten. Inoffiziell arbeitete er mit den besten Kunsträubern der Welt zusammen. Gina und Marko stellten sich bald als begabtes Gangsterpaar heraus. Während sich Gina zur Kunst- und Museumsexpertin mauserte, wurde Marko zum Spezialisten für Kampfsport, Schlösser und Tresore. Sie waren das perfekte Team. In Kunsträuberkreisen raunte man sich respektvoll ihre Namen zu. Galt ein Coup als unmöglich, sagte man: Das Ding drehen höchstens die Geschwister Golert.

Keiner in der Branche, noch nicht mal Onkel Alfred, wusste, dass die Golert-Geschwister all ihre sagenhaften Kunstraube mit Spielzeugwaffen verübt hatten. Beim ersten Kunstraub war es noch aus Not geschehen. Sie hatten damals nicht genug Geld und Beziehungen, um sich echte Waffen zu besorgen. Doch die Golerts merkten schnell, wie praktisch Spielzeugwaffen waren: Sie waren leicht zu besorgen und leicht durch Sicherheitsschleusen zu schmuggeln. Dabei hatten sie die gleiche einschüchternde Wirkung wie echte Waffen. Zumindest, wenn man dementsprechend entschlossen auftrat. Und das taten die Golerts. Gina und Marko brauchten keine echten Waffen. Sie waren an Kunst interessiert, nicht daran, jemanden zu erschießen.

Doch das war nicht das einzige Geheimnis der Gangster. Keiner wusste außerdem, dass die Geschwister planten auszusteigen. Diesen Coup im Kunstpalais würden sie noch durchziehen, aber dann war Schluss. In ihrer Jugend hatten sie den Kick genossen: Sie waren Gangster! Aber jetzt wollten sie nur noch eins: stinknormale Leute sein. Marko wollte um die Hand der Bibliothekarin in seinem Heimatort anhalten und ein anständiges Leben mit Hausschuhen, drei Kindern und der Sportschau führen. Gina wollte nach Neuseeland auswandern und eine Schaffarm aufbauen. Sie mochte Schafe. Ihr Blöken beruhigte sie. Ihre Wolle war weich. Vielleicht würde sie sogar mit dem Stricken anfangen.

Marko richtete die Spielzeugwaffe auf die Geiseln. Gina musterte sie mit ihren großen grünen Augen. „Du!“, sagte sie zu dem Mann. „Schaltest die Alarmanlage und die Videoüberwachung aus.“ Ginas Stimme war leise, aber bestimmt.

Die Unterlippe des Mannes zitterte. Er starrte auf den Lauf der Waffe. „Das ge-ge-ge-geht nicht.“

Gina zog eine Augenbraue hoch. „Wie bitte?“

„D-die Alarmanlage kann ich ausschalten. Aber nicht die Videoüberwachung. Die wird von der Zentrale im Nebengebäude gesteuert und von einem Kollegen dort ü-ü-überwacht.“

Marko stöhnte.

Gina zeigte keine Regung. Das lief nicht mehr nach Plan. Aber an einer einfachen Videoüberwachung scheiterte noch lange kein Kunstraub. Und ganz sicher nicht der letzte Kunstraub der Geschwister Golert. Gina hatte schon eine Idee. Vielleicht war es doch ganz gut, zwei Geiseln zu haben.

In der Falle

Daka starrte auf die Uhr an der gegenüberliegenden Wand. Jetzt standen sie bereits seit fünfzehn Minuten allein im Foyer des Kunstpalais. „Irgendetwas stimmt hier nicht."

„Vielleicht bekommt Oma Rose die Klotür nicht wieder auf. Oder sie hat den Pförtner im Angestelltenraum getroffen und schwatzt noch mit ihm", meinte Silvania.

„Lass uns nachsehen." Bevor Silvania etwas einwenden konnte, war ihre Schwester schon um die Ecke gebogen. Auf der linken Seite des langen Ganges befand sich eine Tür mit der Aufschrift *Nur für Personal*. Daka blieb davor stehen und lauschte. Sie hörte nichts.

Silvania lauschte ebenfalls. Sie hörte auch nichts.

Daka hob die Faust zur Tür und sah ihre Schwester fragend an.

Auf einmal musste Silvania an Ludos Warnung denken. *Geht heute auf keinen Fall ins Kunstpalais.* Ludos Stimme hatte ernst und beschwörend geklungen. Nicht nach einem Scherz. Was, wenn an seiner Warnung doch etwas dran war? Was, wenn hinter dieser Tür irgendetwas ... etwas Gefährliches vor sich ging? Dann sollten sie vielleicht nicht höflich klopfen. „Am besten, wir stürmen einfach rein", flüsterte Silvania ihrer Schwester zu.

Daka nickte und ließ die Faust wieder sinken. Ihr waren ähnliche Gedanken durch den Kopf gegangen.

Silvania legte die Hand auf die Klinke und zählte leise: „Onu, zoi, trosch!“ Dann stieß sie mit aller Kraft die Tür auf und stürmte mit Daka an der Seite in den Raum.

Sie starrten geradeaus. Sie sahen nach links. Sie sahen nach rechts. Sie sahen sogar an die Decke. Nichts. Der Raum war leer. Es gab keine Oma Rose. Und keinen Pförtner Schnölzel.

„Guck mal, Omas Handtasche!“, sagte Daka und zeigte auf ein Regal.

„Und ihre Jacke.“ Silvania deutete zum Garderobenständer. „Also ist sie noch auf Toilette.“ Silvania war erleichtert. Fünfzehn Minuten auf Toilette ließen sich erklären. Schwippschwägerin Luda aus Oklahoma hatte mal den ganzen Nachmittag auf Toilette verbracht. Aber sie redete nicht gern darüber.

„Komm, wir gucken nach, ob alles okay ist“, sagte Daka. „Vielleicht ist sie eingeschlafen.“

Die Schwestern schlossen die Tür des Angestelltenraums und traten wieder auf den Gang. Ein paar Schritte weiter befand sich auf der rechten Seite eine Tür mit der Aufschrift *Toiletten*. Dieses Mal dachten die Mädchen nicht lange nach. Daka drückte die Klinke hinunter und die Zwillinge betraten mit hastigen Schritten den Toilettenvorraum.

Sie erstarrten augenblicklich. Auf dem Fußboden, zwischen der Tür zur Herrentoilette und zur Damentoilette, saßen Oma Rose und Pförtner Schnölzel. Rücken an Rücken. Ihre Hände waren hinter dem Rücken mit einem dicken Seil gefesselt. Sie hatten die Augen weit aufgerissen und starrten die Zwillinge an, als wollten sie ihnen etwas sagen. Aber das konnten sie nicht. Über ihren Mündern klebten dicke graue Klebestreifen.

„Oma!", riefen die Schwestern wie aus einem Mund.

Daka wollte auf Oma Rose zustürmen, als sie einen kalten Gegenstand im Nacken spürte. Gleichzeitig nahm sie einen unangenehmen Fischgeruch war. Hinter ihr hatte jemand aufgestoßen.

„Schön ruhig", befahl eine Frauenstimme sanft. Sie trat aus der anderen Ecke hinter Silvania und Daka.

Die Mädchen drehten langsam die Köpfe. Rechts hinter ihnen stand ein muskulöser, schwarzhaariger Mann. Er hatte eine dunkelgraue Pistole auf die Zwillinge gerichtet. Links hinter ihnen stand die Frau mit der sanften Stimme. Sie war klein, kaum größer als die Schwestern, und zierlich. Sie hatte kurze schwarze Haare und leuchtend grüne Augen. Wie eine Katze. Sie hielt eine winzig kleine silberne Pistole in der Hand.

Obwohl die Frau und ihre Pistole so klein waren, wussten Daka und Silvania sofort, dass mit dieser Frau nicht zu spaßen war. Es lag an ihren Augen und wie sie redete.

„Los, zur Wand da drüben!", befahl die Frau. „Und auf den Boden."

Die Zwillinge bewegten sich wie ferngesteuert. Sie setzten sich an die Seitenwand des Toilettenvorraums.

Die Katzenfrau gab dem Muskelmann ein Zeichen. Er hockte sich daraufhin neben die Mädchen und band ihnen die Hände hinter dem Rücken zusammen. Seine Arme waren behaart und ein Daumennagel schwarz. Er roch nach Zigarettenrauch und Fisch.

Gerade wollte er den grauen Klebestreifen aus seiner Westentasche holen, als die Frau abwinkte. „Lass. Das können wir uns sparen. Die beiden geben keinen Mucks von sich." Dann wandte sie sich an die Schwestern. „Ihr seid doch sicher vernünftig und wollt nicht, dass eurer Oma etwas zustößt, richtig?"

Daka und Silvania nickten.

Die Frau musterte sie einen Moment. „Zwei Geiseln hätten uns zwar gereicht, aber so ist es auch nicht schlecht. Eigentlich ist es sogar noch besser. Eine Oma mit zwei so netten Enkeltöchtern wird sicher nicht auf die Idee kommen, die Heldin zu spielen."

Die Katzenfrau kniete sich vor Rose Wagenzink. Dann sagte sie ganz langsam und leise: „Hör gut zu. Wir binden dich jetzt los. Du gehst in Ausstellungsraum 15. Weißt du, wo der ist?"

Oma Rose nickte. Ihre Augen flackerten vor Angst.

„Dort steht ein rosaroter Fächer. Den holst du. Und zwar so schnell wie möglich. Verstanden?"

Oma Rose sah kurz zu ihren Enkeltöchtern. Dann nickte sie abermals.

„Schön. Ich wusste gleich, dass wir gut miteinander auskommen“, sagte die Katzenfrau und erhob sich.

Der Muskelmann band Oma Rose los und riss ihr mit einem kräftigen Ruck den Klebestreifen vom Mund.

Oma Rose biss die Zähne aufeinander. Aber sie gab keinen Laut von sich. Daka und Silvania sahen, wie ihre Augen für Sekunden glasig wurden.

Als Oma Rose an den Zwillingen vorbeiging, flüsterte sie ihnen zu: „Habt keine Angst.“

„Niemand muss Angst haben“, sagte die Katzenfrau. „Solange du keine Dummheiten machst, passiert niemandem etwas. Solltest du allerdings versuchen abzuhauen, die Polizei zu rufen oder den Wachdienst zu alarmieren, tja ... dann werden wir uns für deine Enkeltöchter etwas ganz Besonderes einfallen lassen.“

Oma Rose atmete lautstark ein. „Ich habe schon verstanden.“

„Gut. Also dann sehen wir uns gleich mit dem Fächer wieder.“ Die Katzenfrau hielt die Tür zum Gang für Oma Rose auf.

Oma Rose warf einen letzten Blick auf ihre Enkeltöchter, dann verschwand sie mit schnellen Schritten auf den Gang.

Der Mann und die Frau lehnten sich von innen an die Tür. Er steckte sich eine Zigarette an. Die Frau ließ die Geiseln nicht aus den Augen.

„Scheiß Videoüberwachung“, murmelte der Mann. „Was machen wir denn jetzt?“

„Wir werden nicht auf der Videoüberwachung zu sehen sein. Nur eine nette, aber sehr kriminell wirkende ältere Dame“, erwiderte die Frau.

„Der Typ in der Zentrale wird trotzdem Alarm auslösen.“

„Wahrscheinlich. Wenn er genau in dem Moment auf den entsprechenden Monitor sieht oder ihm auffällt, dass der Fächer weg ist, dann schon. Sobald wir den Fächer haben, müssen wir so schnell wie möglich raus hier.“

Der Muskelmann zog an der Zigarette. „He, du da!“, sagte er zum Pförtner. „In welchen Räumen gibt es diese verdammte Videoüberwachung?“

Der Pförtner machte: „Hmg mhog hppf.“ Der Klebestreifen klebte fest über seinem Mund.

„Hier gibt es auf jeden Fall keine“, sagte die Frau.

Der Pförtner nickte.

„Und der Gang da draußen? Ist der videoüberwacht?“, fragte der Muskelmann.

Der Pförtner schüttelte den Kopf.

„Das Foyer?“

Der Pförtner nickte.

„Verdamm mich, Mann!“ Der Muskelprotz schnippte Asche auf den Fußboden.

„Was erwartest du? Dass so ein Kunstpalais weniger überwacht wird als ein Supermarkt?“

„Wir hätten ja auch einfach mal Glück haben können.“

„Ich finde, wir hatten in unserem Leben schon ziemlich viel Glück. Und so ein kleiner Kick bei der letzten Nummer, das ist doch auch nicht verkehrt. Wir zischen durch das Foyer und sind weg. Keiner wird uns erkennen. Außerdem haben sie ja ihre Kunsträuberin schon schön und deutlich auf Video aufgezeichnet."

Der Mann stieß eine blaue Rauchwolke aus. „Hoffentlich hast du recht."

„Das hatte ich bis jetzt doch immer, oder?"

Eine Sekunde huschte ein Lächeln über das Gesicht des Mannes. Er nickte. Dann richtete er den Blick wieder stur auf die Geiseln.

Verzweifelte Fluchtpläne

Während die Geschwister Golert über ihre Flucht beratschlagten, erholten sich Daka und Silvania langsam vom ersten Schock. Nicht, dass sie sich auf dem kalten Fliesenfußboden des Toilettenvorraumes besonders wohlgefühlt oder sich beim Anblick der Pistolen entspannt hätten. Aber immerhin gelang es ihnen, ein paar Gedanken zu fassen.

Der erste Gedanke, den die Schwestern hatten, war derselbe: „Ich will nicht sterben."

Sie hatten Angst vor den Pistolenkugeln. Denn Halbvampire und Pistolenkugeln – das war wie russisches Roulette. Es gab noch nicht so viele Fälle in der Vergangenheit, in denen auf Halbvampire geschossen wurde. Die Berichte waren zweideutig. Manchen Halbvampiren schienen die Schüsse nichts anzuhaben, andere waren auf der Stelle fledermausetot. Daka und Silvania wollten nicht auf diese Weise erfahren, zu welcher Sorte Halbvampire sie gehörten.

Der zweite Gedanke, den die Schwestern hatten, war auch derselbe: „Ich will nicht, dass Oma Rose stirbt. Oder Pförtner Schnölzel." Die beiden waren garantiert mausetot, wenn eine der Kugeln sie durchlöcherte.

Der dritte Gedanke, den Silvania hatte, war folgender: „Es gibt eben doch keinen Zufall."

Der dritte Gedanke, den Daka hatte, war: „Wie

kommen wir hier wieder raus?" Sie sah zu ihrer Schwester, die mit weit aufgerissenen Augen vor sich hin starrte. Daka musste sich mit ihr beratschlagen. Denn eins war klar: Wenn sie hier herauskamen, dann nur zusammen. Vorsichtig, sodass es die Gangster nicht merkten, stieß Daka sie an.

Silvania blickte fragend auf.

Daka wagte es nicht zu sprechen, noch nicht mal zu flüstern. Deswegen formte sie stumm mit den Lippen: *Fliegen?*

Silvania runzelte die Stirn.

Fumpfs, dass Silvania nicht so gut Lippenlesen kann wie Helene, dachte Daka. Obwohl, wenn sie sich an das Gespräch mit Helene ohne Hörgerät erinnerte – so einen großen Unterschied machte es wohl nicht. Daka musste es anders versuchen. Sie senkte das Kinn auf die Brust und schaukelte hin und her, als würde sie lenken.

Silvanias Augen leuchteten auf. Sie hatte verstanden. Doch dann schüttelte sie den Kopf. Sie bewegte die Hände auf dem Rücken und schielte zu den Pistolen.

Daka verzog den Mund und nickte. Ihre Schwester hatte recht. Mit gefesselten Armen konnten sie nicht fliegen. In Transsilvanien hatten sie mal einen Zirkusakrobaten gesehen, der einen solchen Flug vorgeführt hatte. Es war ungefähr so, wie mit verknoteten Beinen Fahrrad zu fahren. Aber selbst wenn es ihnen gelang, ohne Hilfe der Arme zu fliegen, so konnten die Gangster immer noch auf sie schießen. Das Risiko war zu groß.

Mittlerweile dachte Silvania nicht mehr über Zufall oder Schicksal nach. Ihr war klar, dass sie hier nicht *zufällig* rauskommen würden und ihr *Schicksal* selbst in die Hand nehmen mussten. Und sie hatte auch schon eine Idee, wie. Sie wandte Daka ihr Gesicht zu und starrte sie mit weit aufgerissenen Augen an.

Daka guckte wie ein Schaf. Dann riss sie die Augen ebenfalls auf und starrte zurück.

Silvania unterdrückte ein Seufzen. Es sah nicht aus, als würde ihre Schwester sie verstehen. Sie versuchte es noch mal, riss die Augen weit auf und formte mit den Lippen: *H-y-p-n-o-s-e*. Dann sah Silvania flüchtig zu den Gangstern hinüber.

Daka hatte verstanden. Sie nickte.

Für Hypnose war Silvania zuständig. Herr Tepes hatte den Zwillingen in Transsilvanien ein paarmal Hypnoseunterricht gegeben. Eine besondere Leuchte war keins der beiden Mädchen auf dem Gebiet. Ihre Vampirfähigkeiten waren einfach zu schwach. Aber Silvania war es immerhin gelungen, ein Eichhörnchen und ein Wildschwein zu hypnotisieren. Daka war dagegen immer selbst bei ihren Hypnoseversuchen eingeschlafen.

Silvania richtete sich etwas auf und pustete sich eine rotbraune Strähne aus dem Gesicht. Sie beschloss, es zuerst mit dem Muskelmann zu versuchen. Die großen grünen Augen der Katzenfrau machten Silvania etwas Angst. Der Mann hatte unauffällige braune Augen und wirkte hypnoseempfänglicher auf Silvania. Vielleicht lag es auch daran, dass er sie ein wenig an das Wildschwein erinnerte.

Silvania musste ihn nur dazu bringen, ihr in die Augen zu sehen.

Sie räusperte sich. Sofort richtete der Muskelmann seine Waffe auf sie. Silvania zwinkerte dem Mann zu und lächelte. Er sah sie irritiert an. Blickkontakt! Das war genau, was Silvania wollte. Sofort riss sie die Augen auf, so weit es ging. Sie musste den Muskelmann mit ihrem Blick einfangen. Dann musste sie ihn dazu bringen, sich fallen zu lassen und in der Tiefe zu versinken. So hatte es Mihai Tepes seinen Töchtern zumindest erklärt. Beim Wildschwein hatte es geklappt.

Silvania starrte den Muskelmann so eindringlich an wie möglich. Sie hatte das Gefühl, ihr ploppten jeden Moment die Augen aus dem Kopf. In Gedanken redete sie auf den Muskelmann ein: *Mein Blick hat dich gefangen, du lässt dich fallen, du bist vollkommen wehrlos, deine Glieder werden müde, dein Geist willenlos, du fühlst dich schwer und müde, wehr dich nicht gegen den Schlaf, versinke einfach darin …*

Der Muskelmann hatte die Augen ebenfalls weit aufgerissen und starrte Silvania an.

Silvania sandte alle Energie in ihre Augen. Auf ihrer Stirn sammelten sich Schweißperlen. Ihr Hals war trocken. Hypnose, fand Silvania, hatte nichts mit Entspannung zu tun, sondern war Extremsport. Ihr ganzes Gesicht tat von der Anstrengung weh. Lange würde sie die Hypnose nicht mehr durchhalten. Doch der Muskelmann müsste sowieso jeden Moment umklappen. Beim Wildschwein hatte es jedenfalls höchstens eine halbe Minute gedauert.

Da ließ der Muskelmann auch schon die Waffe sinken. Er legte den Kopf schräg.

Gleich, dachte Silvania, gleich ist er fällig! Es funktioniert! Ich bin ein Hypnosegenie! Sie riss die Augen noch einmal extraweit auf.

PLUMPS!, machte es auf dem Fliesenfußboden.

Silvania zwinkerte. Der Muskelmann und die Katzenfrau standen nach wie vor an der Tür. Sie hatten ihre Pistolen auf den Pförtner gerichtet. Er lag pritschebreit auf dem Fußboden und starrte Silvania mit weit aufgerissenen Augen an. Auf seinem Gesicht lag ein Lächeln. Er war vollkommen reglos.

„Verdamm mich, Mann, was ist denn mit dem los?“ Der Muskelmann ging zum Pförtner und stupste ihn mit dem Fuß an.

Pförtner Schnölzel reagierte nicht.

Daka warf ihrer Schwester einen fragenden Blick zu.

Silvania zuckte die Schultern und machte ein unschuldiges Gesicht.

Die Katzenfrau kniete sich vor Pförtner Schnölzel. „Sieht aus, als ob er mit offenen Augen schläft.“

„Dann lassen wir ihn einfach pennen. Einer weniger, der rumzucken kann“, sagte der Muskelmann.

Während die Katzenfrau und der Muskelmann den schlafenden Pförtner bestaunten, hatte Daka eine Idee. Sie fand, *die* Idee überhaupt. Wann, wenn nicht jetzt, war der ideale Zeitpunkt zum Flopsen? Sie konnten sich zwar nicht durch Wände oder Türen hindurchflopsen, aber zumindest konnten sie einen Flops bis zur Tür versuchen. Der Muskelmann und die Katzenfrau waren abgelenkt, und Pförtner Schnölzel würde auch nichts von dem Geflopse mitbekommen. Außerdem waren in einer solchen Situation alle radikalen Regeln sowieso außer Kraft gesetzt. Silvania hatte es ja auch mit Hypnose versucht, die laut radikaler Regel Nummer sechs verboten war. Daka war sich sicher, dass ihren Eltern zwei Töchter, die Regeln brachen, lieber waren als zwei fledermaustote Töchter.

Es blieb keine Zeit, Silvania einzuweihen. Daka musste es allein versuchen. Der grobe Plan war, dass sie sich zur Tür flopste, die irgendwie aufbekam, sich ins Foyer flopste und dann Hilfe holte, irgendwie von irgendwoher ... Na ja, es war eben nur ein grober Plan.

Daka sammelte einen Moment ihre Kräfte. (Flopsen war sehr anstrengend, ungefähr so, als ob man mit einer Gefangenenkugel rennen musste.) Dann zählte sie stumm: Onu, zoi, trosch!

FLOPS!

Daka stand bei der Tür.

Silvania sah ihrer Schwester mit großen Augen nach und unterdrückte einen Aufschrei.

Daka stemmte sich gegen die Tür, doch sie gab nicht nach. Grobe Pläne waren Mist.

„Verdamm mich, Mann, was macht DIE denn da?“, rief der Muskelmann. Er riss den Arm hoch und richtete die Pistole auf Daka.

Silvania schrie, Pförtner Schnölzel erwachte aus der Hypnose, und die Katzenfrau und der Muskelmann waren mit zwei großen Schritten bei der Tür. Der Mann hielt Daka seine Pistole unter die Nase. „Hier haut so schnell keiner ab."

Daka zuckte mit dem Mundwinkel.

Die Katzenfrau trat dicht an Daka heran und sah ihr direkt in die Augen. Daka fiel es schwer, dem Blick standzuhalten. „Wie auch immer du das eben gemacht hast", hauchte sie, „versuch das nie wieder. Hast du verstanden?"

Daka lief ein Schauer über die Kopfhaut bis in die Haarspitzen. Sie nickte.

Die Katzenfrau gab dem Muskelmann ein Zeichen und er brachte Daka zurück zu ihrem Platz an der Wand neben ihrer Schwester. „Schöne Geiseln haben wir uns da genommen", maulte er dabei. „Eine bekommt einen Starrkrampf, einer pennt weg und eine meint, sie könne einfach abhauen."

Pförtner Schnölzel blinzelte und sah sich irritiert im Raum um, als wäre er gerade aus einem schönen Traum erwacht. Langsam schien er zu begreifen, wo und in welcher Lage er sich befand. Seine rosigen Wangen wurden blass.

Silvania und Daka sahen einander bedrückt an. Sie hatten es versucht. Und waren gescheitert. Ihre Mutter sagte immer: „Ein gescheiterter Versuch ist besser als gar kein Versuch." Da waren sich die Schwestern nicht mehr so sicher. Der Muskelmann und die Katzenfrau ließen die Geiseln jetzt keine Sekunde aus den Augen.

Es gab nichts, was die Schwestern tun konnten.

Sechs Mumien

Wie es die Kunsträuber verlangt hatten, war Rose Wagenzink auf schnellstem Wege in den Ausstellungsraum Nummer 15 gelaufen. Vor dem rosaroten Fächer war sie stehen geblieben und hatte gezögert. Gab es wirklich nichts, was sie tun konnte? Rose Wagenzink überlegte fieberhaft. Sollte sie das Kunstpalais verlassen und auf der Straße jemanden um Hilfe bitten? Selbst die Polizei rufen? Oder das Samuraischwert aus Ausstellungsraum 11 holen und …

Nein. Was auch immer sie tat, sie würde dadurch ihre Enkeltöchter und Pförtner Schnölzel in Gefahr bringen. In Lebensgefahr. Es war am vernünftigsten, wenn sie tat, was die Kunsträuber von ihr verlangten. Denn auch wenn der Fächer das wertvollste Ausstellungsstück war – er war nicht so wertvoll wie drei Menschenleben. Beziehungsweise ein Menschenleben und zwei Halbvampirleben.

Außerdem hatte Rose Wagenzink Angst. Sie bezweifelte, dass sie mit dem rasanten Herzschlag und den feuchten Händen zu einer sinnvollen Handlung fähig war. Sie konnte nur hoffen, dass der Kollege in der Zentrale im richtigen Moment auf den Monitor sah und die Polizei verständigte. Bevor sie den Fächer aus der Halterung nahm, wedelte die Museumsführerin daher wie verrückt vor der Überwachungskamera mit den Armen. Sie winkte, zeigte auf den Fächer und formte mit ihrer Hand eine Pistole. Der Kollege in der Zentrale würde sie schon verstehen.

Dann nahm sie den über 200 Jahre alten Fächer behutsam aus der Halterung. Jeden Moment erwartete sie das Schrillen der Alarmanlage. Erst nach ein paar Sekunden fiel ihr wieder ein, dass Pförtner Schnölzel die auf Befehl der Diebe ausgeschaltet hatte.

Rose Wagenzink stellte sich nochmals mit dem Fächer direkt vor die Videokamera und winkte. Dann lief sie zurück ins Foyer und bog in den Gang zu den Toiletten. Sie klopfte an die Toilettentür.

Die Tür öffnete sich langsam einen Spalt. Zwei große grüne Augen funkelten sie an. „Hast du den Fächer?"

Rose Wagenzink nickte und hielt den Fächer zum Beweis in die Höhe.

„Und keine Dummheiten gemacht?", fragte die Frau hinter der Tür.

Frau Wagenzink schüttelte vehement den Kopf.

Die Tür öffnete sich. Frau Wagenzink trat in den Toilettenvorraum. Die Frau nahm ihr sofort den Fächer aus der Hand, während Rose Wagenzink zuerst zu ihren Enkeltöchtern sah. Sie saßen an der Wand und wirkten noch blasser als zuvor. Aber ihnen war offenbar nichts zugestoßen. Sie machten einen bedrückten Eindruck, dennoch waren ihre Augen hellwach. Pförtner Schnölzel dagegen sah etwas verschlafen aus.

Die Frau klappte den Fächer vorsichtig zusammen und ließ ihn in eine Plastiktüte gleiten. Sie steckte die Plastiktüte in ihre Umhängetasche. „Falls der Kerl in der Zentrale Alarm auslöst, bleibt uns nicht viel Zeit", sagte sie zu ihrem Komplizen. „Ruf Köpke an und sag, er soll in zwei Minuten vor der Tür stehen."

Der Mann mit den kräftigen Armen begann daraufhin, mit einem Handy zu telefonieren.

„Und du", sagte die Frau und stieß Rose Wagenzink leicht mit dem Pistolenlauf in den Arm, „gehst auf Toilette und holst eine Rolle Klopapier."

„Waru…", wollte Frau Wagenzink gerade fragen, als sie den herrischen Blick der Kunstdiebin sah. Es war besser, keine Fragen zu stellen. Das erhöhte die Lebenserwartung vermutlich enorm. Rose Wagenzink verschwand mit schnellen Schritten in der Damentoilette und kam ein paar Sekunden später mit einer Klopapierrolle zurück. Was wollten die Kunsträuber mit dem Klopapier? Hatten sie keins zu Hause?, wunderte sich Frau Wagenzink.

Die Frau nahm Oma Rose das Klopapier ab.

Ihr Komplize hatte mittlerweile aufgehört zu telefonieren und musterte die Klopapierrolle mit gerunzelter Stirn. „Was willst du denn damit? Falls sich die Geiseln doch in die Hose machen?"

„Nein, das ist für uns. Damit sind wir nicht so fotogen für die Überwachungskameras." Die Frau begann, dem verdutzt dreinblickenden Mann das Klopapier um den Kopf zu wickeln. An den Augen und am Mund ließ sie einen schmalen Spalt frei.

„Verdamm mich, Mann, ich sehe aus wie eine Mumie!“

„Ist doch gut so. Lass die Bullen nach einer Mumie suchen. Und jetzt wickelst du mich ein. Ich behalte die Geiseln im Auge“, sagte die Frau und reichte dem Mann die Klopapierrolle. Die Pistole hielt sie auf die Geiseln gerichtet.

Die verfolgten die Szene aufmerksam.

„Ich habe noch eine bessere Idee“, sagte die Frau, als der Mann ihren Kopf eingewickelt hatte. Ihre Augen blitzten zwischen zwei Klopapierstreifen hervor. „Wir lassen die Bullen sechs Mumien suchen.“ Sie nahm die Klopapierrolle und warf sie Rose Wagenzink zu, die sie in letzter Sekunde auffing. „Du wickelst den anderen den Kopf ein.“ Die Frau zeigte auf Daka, Silvania und den Pförtner. „Und zwar ein bisschen schnell.“

Frau Wagenzink begann mit Pförtner Schnölzel. Er sah sie mit großen, ängstlichen Augen an, während sie sein Gesicht Bahn um Bahn mit Klopapier bedeckte. Sie hätte ihm gern etwas Aufmunterndes gesagt. Aber sie hatte genug damit zu tun, die Klopapierrolle in den zitternden Händen festzuhalten.

Dann machte sie bei ihren Enkeltöchtern weiter. Dakas stachelige Haare bohrten sich an manchen Stellen durch das Papier. Silvanias Hut wickelte Oma Rose einfach mit ein. Sie versuchte, das Papier nicht zu straff zu ziehen, und war besonders behutsam. Sie lächelte ihren Enkeltöchtern zu und diese grinsten zurück. Was waren sie doch für mutige Mädchen! Bei anderen Mädchen in ihrem Alter hätte man das Klopapier in so einer Situation wahrscheinlich an einer anderen Stelle benutzen müssen.

„Das reicht jetzt“, befand die Frau mit den Katzenaugen. „Wir wollen nicht den Preis für das schönste Kostüm gewinnen, sondern unerkannt aus dem Laden hier kommen.“ Sie wickelte Rose Wagenzink schnell ein paar Bahnen Klopapier um den Kopf. Dann war die Rolle alle.

Ein Handy piepte. „Köpke ist da“, sagte der muskulöse Mann.

„Also los, nach euch, bitte sehr“, sagte die Frau und dirigierte die vier Geiseln zur Tür. Frau Wagenzink half Pförtner Schnölzel beim Aufstehen.

Der Mann hielt die Tür auf und die Geiseln traten langsam in den Flur. Die Kunsträuber folgten dicht hinter ihnen. Zwischen ihnen blieb gerade mal genug Abstand für einen Pistolenlauf. „Wir gehen jetzt alle zusammen schön zügig durchs Foyer und zum Ausgang“, zischte die Frau den Geiseln von hinten zu. „Und was haben wir gelernt, was wir nicht machen?“ Die Frau stupste Rose Wagenzink in den Rücken.

„Wir machen keine Dummheiten“, presste Frau Wagenzink hervor.

„Genau. Wenn einer von euch wegläuft, knallt’s. Verstanden?“

Vier Klopapierköpfe nickten.

Dann setzte sich der Trupp in Bewegung. Die Kunsträuber trieben die Geiseln von hinten an und bestimmten das Tempo. Mit kleinen schnellen Schritten huschten sechs Gestalten mit Klopapier um den Köpfen durchs Foyer. Sie sahen aus wie eine verrückt gewordene Ballettgruppe.

Rose Wagenzink, die einzige Geisel, deren Hände nicht mehr auf dem Rücken gefesselt waren, öffnete die Ausgangstür. Die sechs Mumien traten ins Freie. Kalte Abendluft schlug ihnen entgegen. Mittlerweile war es dunkel geworden und die Straßenlaternen leuchteten orangegelb.

Im schmalen Klopapierschlitz wanderten Rose Wagenzinks Augen nervös hin und her. Wo steckte die Polizei? Der Kollege in der Zentrale *musste* sie doch auf der Videoüberwachung gesehen haben! Die Polizei sollte schon längst hier sein, das Gebäude umzingeln, ein Sondereinsatzkommando bilden oder was die Staatsbeamten eben in so einer Lage für richtig hielten. Rose Wagenzink sah nach rechts. Die kleine Parkanlage, in der sich tagsüber Touristen ausruhten und Stadtpläne studierten, lag verlassen da. Rose Wagenzink sah nach links. Auf der Nebenstraße, die zum Kunstpalais führte, war kein einziges Auto zu erkennen. Auf dem Bürgersteig kein einziger Mensch. Nur eine schwarz-weiße Katze sah verschreckt zu den Mumiengestalten auf der Treppe des Kunstpalais auf. Es war unwahrscheinlich, dass sie zum Sondereinsatzkommando der Polizei gehörte.

Direkt vor dem Kunstpalais stand ein schwarzes großes Auto. Der Motor lief, die Scheinwerfer brannten. Die Fensterscheiben waren getönt.

„Hauen wir ab“, sagte der Mann und stieg eilig die Treppen vom Kunstpalais hinunter.

Die Frau zögerte. Sie musterte die Geiseln.

„Was ist, Gina? Kannst du dich nicht trennen?“, fragte der Mann, der bereits beim Auto angekommen war und zur Beifahrertür ging.

„Die zwei nehmen wir mit“, sagte die Frau schließlich und zeigte mit dem Pistolenlauf auf die Zwillinge.

Silvania zuckte zusammen.

Daka musste niesen.

Oma Rose stieß kurz einen Schrei aus und Pförtner Schnölzel machte „Hmpf“.

„Wieso das denn? Die machen garantiert nur Ärger. Die sehen schon wie Ärger aus“, sagte der Mann. „Hast du schon vergessen, was die Stachelbirne im Klo abgezogen hat?“

„Trotzdem. Wir brauchen sie. Zur Sicherheit. Falls wir doch noch von der Polizei gestoppt werden oder irgendetwas schiefgeht. Du weißt doch, was Onkel Alfred immer sagt: ‚Vorbeugen ist besser als Abbrummen.‘“

„Aber warum gerade die beiden?“, fragte der Mann.

Genau, dachte Frau Wagenzink.

„Was sollen wir denn mit dem?“, sagte die Frau und zeigte auf den Pförtner. „Der kippt uns nur wieder um. Und ich bin doch nicht verrückt und fahre mit einer Frau durch die Gegend, die auf den Überwachungskameras eindeutig als Kunsträuberin zu sehen ist.“

„Okay, du hast schon wieder recht“, murmelte der Mann.

Oma Rose war wie gelähmt.

Die Frau richtete die Pistole auf Daka und Silvania und kommandierte sie auf die Rückbank des Autos, während sich der Mann auf den Beifahrersitz schwang. Bevor die Frau sich neben die Zwillinge auf die Rückbank setzte, wandte sie sich noch mal an die beiden anderen Geiseln: „Vielen Dank für die Kooperation. Ich empfand die Zusammenarbeit als sehr angenehm. Schönen Abend noch!"

„Aber ... aber Sie können doch nicht einfach meine Enkeltöchter mitnehmen!", rief Rose Wagenzink.

„Wir können noch ganz andere Sachen", erwiderte die Frau und grinste.

„Wo bringen Sie sie hin? Nehmen Sie lieber mich mit!", rief Frau Wagenzink, doch da war die hintere Autotür bereits zu und der Wagen setzte sich in Bewegung. Rose Wagenzink starrte dem Auto hinterher, bis es von der Nebenstraße auf die Hauptstraße bog. Sie versuchte, das Nummernschild zu erkennen, doch ihre Augen füllten sich mit Tränen. Würde sie ihre Enkeltöchter jemals wiedersehen?

Allein unter Gangstern

Silvania und Daka saßen stocksteif und sehr mumienhaft auf der Rückbank des schwarzen Autos, denn ihre Hände waren noch immer auf dem Rücken zusammengebunden. Die Schultern schmerzten, das grobe Seil drückte auf die Handgelenke und Adern. Das Klopapier kitzelte auf der Haut. Immerhin hatten sie keinen dicken Klebestreifen über dem Mund wie Pförtner Schnölzel. Nach reden war ihnen trotzdem nicht zumute.

Die Kunsträuber hatten sich das Klopapier vom Kopf gerissen, sobald sie im Auto saßen. Die Frau fuhr sich durch ihre schwarzen kurzen Haare. Zum Glück kam der Muskelmann nicht auf die Idee, seine Frisur im Rückspiegel zu überprüfen. Dann wäre ihm womöglich aufgefallen, dass sich seine Geiseln in Nebel aufgelöst hatten. Denn viel mehr war von den Halbvampiren im Spiegel nicht zu sehen.

Der Fahrer, der offenbar Köpke hieß, konnte höchstens 1,50 Meter groß sein. Erst dachten die Zwillinge, das Auto führe von Geisterhand, doch dann entdeckten sie den Kopf mit einer blauen Schirmmütze ungefähr auf Lenkradhöhe. Sonst war von Köpke nicht viel zu sehen und auch nichts zu hören.

Silvania und Daka starrten in die Nacht. Draußen flogen die Lichter der Großstadt an ihnen vorbei. Bunt dekorierte Schaufenster, blinkende Leuchtreklame, Straßenlaternen, blaue U-Bahn-Schilder, Ampeln, Scheinwerfer von Autos, Bussen oder Straßenbahnen, warmes Kneipenlicht und kalt flimmernde Bürotürme. Allmählich wurden die Lichter weniger. Zuerst säumten Wohnhäuser die Straße, dann zunehmend Industriegebäude, die stumm und klotzig in der Dunkelheit lagen.

Wohin fuhren die Gangster? Was hatten sie vor? Je weiter sie sich von der Stadt entfernten, desto mulmiger wurde den Mädchen.

Daka starrte auf den haarigen, wulstigen Nacken des Muskelmannes auf dem Beifahrersitz. Er hatte sie gefesselt. Er hatte beinahe auf sie geschossen. Er hatte sie Stachelbirne genannt. Sie malte sich aus, wie Karlheinz über seinen Nacken kroch, zubiss und saugte, bis der Muskelmann ganz klein und platt war. Wie eine Luftmatratze ohne Luft.

Silvania musterte die Katzenfrau aus den Augenwinkeln. Sie war so klein und grazil. Sie hätte Balletttänzerin sein können, Turnerin oder ein französischer Filmstar. Aber sie war eine Kunsträuberin. Wenn man ihre großen grünen Augen sah, wusste man auch, dass sie eine eiskalte Kunsträuberin war. Silvanias Magen zog sich zusammen. Sie dachte an ihre Eltern, die jetzt zu Hause saßen und sich Sorgen machten. Sie hoffte, dass Oma Rose ihnen mittlerweile Bescheid gesagt hatte. Bestimmt hatten sie und Pförtner Schnölzel sofort die Polizei alarmiert. Bestimmt war die Polizei den Gangstern schon auf den Fersen. Bestimmt würden sie und ihre Schwester jeden Moment befreit werden. Oder?

Doch der schwarze Wagen schoss weiter unbehelligt durch die Dunkelheit. Keine Sirene heulte auf. Kein Blaulicht blitzte durch die Nacht, kein Hubschrauber dröhnte über ihnen. Sie waren allein, allein unter Gangstern.

Silvania warf ihrer Schwester durch den Klopapierschlitz einen besorgten Blick zu. Daka nickte. Im Moment konnten sie nichts tun. Sie konnten nur hoffen, dass die Gangster sie irgendwann laufen ließen. Und sie konnten nur aufpassen, dass die Angst sie nicht auffraß.

Daka begann, leise „Transsilvania, rodna inima moi“ zu summen. Das Lieblingsheimatlied ihres Vaters zählte zwar nicht zu ihren aktuellen Tophits, aber in der Situation war es genau das Richtige. Die Melodie tröstete und war süß wie warmer Kakao.

Silvania hätte gern zur Beruhigung an ihren Kettenanhänger gefasst. Aber mit gefesselten Händen war das unmöglich. Sie presste das Kinn auf die Brust und versuchte, an schöne Sachen zu denken. Sie dachte an die glückliche Schlussszene in einem Liebesroman, an ihre Rolltreppenbekanntschaft und an eine dicke, frische Blutwurst.

Der Muskelmann drehte sich um und klapperte mit der schweren silbernen Uhr an seinem Handgelenk. „Wir liegen gut in der Zeit.“

„Was hattest du gedacht? Dass wir bei unserem letzten Dreh stümpern?“, erwiderte die Katzenfrau mit sanfter Stimme.

Der Mann lachte kurz und schüttelte den Kopf. „Eigentlich auch schade, dass es dann vorbei ist.

Verdamm mich, Mann, wir sind richtig gut." Er zog geräuschvoll die Nase hoch und drehte sich wieder um.

Gina beugte sich zum Fahrer vor. „Nächste Ausfahrt, Köpke. Fahr zum alten Frachtterminal."

Daka und Silvania sahen aus dem Fenster. Rechts tauchten hinter ein paar Bäumen hohe Straßenlaternen auf. Dann sahen sie einen Turm, dessen Spitze rot blinkte, und mehrere große verglaste Gebäude. Sie lagen in warmem orangegelbem Licht. Der Flughafen. Hier waren die Tepes vor ein paar Tagen aus Rumänien angekommen. Die Zwillinge hätten nicht gedacht, dass sie den Flughafen so schnell wiedersehen würden. Vor allem nicht mit gefesselten Händen und Klopapier um den Kopf.

Der schwarze Wagen glitt an Terminal eins und zwei vorbei. Sie folgten dem Cargo-Schild und ließen die orangegelben Lichter bald hinter sich. Köpke fuhr am neuen Frachtterminal vorbei und bog auf eine unbeleuchtete Nebenstraße. Die Schlaglöcher waren notdürftig mit Schotter gefüllt. Die Zwillinge, die sich mit den Händen nicht festhalten konnten, wurden auf der Rückbank hin und her geworfen.

„Halt dort vorn an dem Tor", sagte Gina zum Fahrer.

Die Schirmmütze auf dem Fahrersitz bewegte sich einmal hoch und einmal runter. Köpke fuhr direkt vor das Tor und hielt an. Er ließ den Motor laufen. Der Muskelmann reichte ihm etwas. Die Schirmmütze bewegte sich wieder einmal nach oben und einmal nach unten.

Dann stieg der Muskelmann aus und öffnete die hintere Wagentür. „Endstation, alles aussteigen“, sagte er und richtete die Pistole auf Silvania und Daka. Die Mädchen kämpften sich aus dem Auto.

Die Katzenfrau war ebenfalls ausgestiegen. Kaum hatte sie die Autotür geschlossen, fuhr der Wagen rückwärts aus der Toreinfahrt und verschwand auf dem Holperweg in der Nacht. Die Mädchen sahen den roten Rücklichtern sorgenvoll nach, als wären sie die Leuchten eines Rettungsbootes, das auf Nimmerwiedersehen verschwand.

Während die Frau die Pistole auf die Mädchen richtete, machte sich der Mann an dem Tor zu schaffen. Es war ein altes, verrostetes Gittertor. Am oberen rechten Rand hing ein grün-weißes Schild. Die Farbe blätterte bereits ab und eine Ecke war abgebrochen. *Frachttermi* konnte man noch lesen. In der Tormitte hing ein neueres, rot-weißes Schild: *Unbefugtes Betreten verboten.* Darunter befand sich ein schwarzes Strichmännchen in einem roten Kreis, das mit einem roten Balken durchgestrichen war.

Der Muskelmann bog das Tor einen Spaltbreit auf. „Okay, kann losgehen!“, rief er der Frau zu. Er zwängte sich als Erster durch den Spalt und wartete auf der anderen Seite mit gezückter Pistole auf die Geiseln.

Die Zwillinge schoben sich nacheinander durch das Tor. Erst Daka, dann Silvania. Als Letzte folgte die Katzenfrau. Mit einem geschmeidigen Satz war sie auf der anderen Seite.

„Dort drüben bei der alten Frachthalle steht es“, sagte der Mann.

Silvania und Daka erkannten in der Dunkelheit die Umrisse eines kleinen Flugzeugs. Silvania schluckte. Sie würden doch nicht mit den Gangstern in dieses Flugzeug steigen müssen? Fliegen an sich war schlimm genug. Aber mit zwei Gangstern in dieser Seifenkiste zu sitzen und wer weiß wohin zu fliegen – bei dem Gedanken knickten Silvania fast die Knie weg.

„Los, ein bisschen Tempo!“, sagte die Katzenfrau und trieb ihre Geiseln von hinten an.

Silvania riss sich zusammen. Bestimmt war die Polizei schon hier. Die knallharten Profis lauerten in einem Versteck. Jeden Moment stürmten sie hervor, stürzten sich auf die Katzenfrau und den Muskelmann, überwältigten und verhafteten sie. Danach würde ein besonders gut aussehender, junger Profi den Arm um Silvania legen und sie mit seinem Lächeln trösten.

Bestimmt.

Doch als sie bei dem Kleinflugzeug angekommen waren, lag der ehemalige Frachtterminal noch immer verlassen im Dunkeln da. Bis auf zwei Gangster und zwei Halbvampire war weit und breit kein Besucher zu sehen.

Daka, die sich von Onkel Vlad auf einigen Ausflügen die anderen Verkehrsteilnehmer hatte erklären lassen, erkannte das Kleinflugzeug. Es war eine Cirrus SR20, ein einmotoriger Eindecker mit vier Sitzen. Sie wusste, dass er eine Reichweite von ungefähr 2000 Kilometern hatte. Die Sache war klar: Die Kunsträuber wollten ihr Diebesgut außer Landes bringen. Noch heute Nacht.

Die Frau kletterte auf den Pilotensitz und legte die Umhängetasche mit dem Fächer darin auf einen der Rücksitze. Dann überprüfte sie ein paar Schalter im Cockpit.

„Was machen wir mit denen?“, fragte der Muskelmann. Er stand mit erhobener Pistole vor dem Kleinflugzeug und deutete auf die Geiseln. „Sollen die mit?“

Die Frau sprang aus dem Flugzeug. Sie überlegte einen Moment. Dann schüttelte sie den Kopf. „Wir brauchen sie nicht mehr. Jetzt kann uns keiner mehr was.“

„Aber sie könnten uns wiedererkennen. Du weißt schon, Phantombilder und der ganze Kram.“

Silvania und Daka hielten die Luft an. Die Frau musterte sie eindringlich mit ihren dunkelgrünen Augen. Die Zwillinge wussten aus diversen Fernsehserien, was Gangster normalerweise mit Geiseln anstellten, die zu viel gesehen hatten. Sie beteten, dass Oma Zezci recht hatte und alles, was im Fernsehen kam, Blödsinn war.

„Und wenn schon“, sagte die Frau schließlich. „Da sind wir längst über alle Berge und brave Bürger. Außerdem sind das doch noch Kinder.“

„Also lassen wir die beiden einfach hier?“, fragte der Mann.

„Genau.“ Die Katzenfrau und der Muskelmann wandten sich zum Kleinflugzeug. Der Muskelmann stieg ein. Die Katzenfrau drehte sich noch mal zu den Geiseln um. Sie zögerte. Dann ging sie auf die Mädchen zu und blieb direkt vor ihnen stehen. Sie holte ein Taschenmesser hervor und ließ die Klinge vor deren Nase aufspringen.

Silvania zuckte zusammen und stolperte einen Schritt nach hinten. Daka riss die Augen auf und rülpste vor Schreck.

„Was ist? Hast du es dir doch anders überlegt?", rief der Mann aus dem Flugzeug.

Die Katzenfrau schüttelte den Kopf, ohne sich nach ihrem Komplizen umzudrehen. „Nein, aber ich dachte, bei unserem letzten Coup wird es mal Zeit für eine gute Tat!", rief sie zurück. Dann sagte sie mit sanfter Stimme zu den Mädchen: „Dreht euch um."

Daka und Silvania gehorchten. Silvania kniff die Augen zusammen. Sie erwartete jeden Moment ein Messer im Rücken. Daka starrte in den pechschwarzen Himmel und dachte an Karlheinz.

Erst als die Seile auf den Boden fielen, wurde den Mädchen klar, dass die Katzenfrau die Fesseln durchgeschnitten hatte. Sie bewegten erst einen Finger nach dem anderen, dann die ganze Hand, schließlich die Arme. Es kribbelte unter der Haut und brannte in den Schultern. Doch es fühlte sich gut an. Endlich hatten sie ihre Arme wieder.

„Also, macht's gut, ihr zwei. Wir können euch leider nicht zu Hause absetzen, aber ihr findet den Heimweg bestimmt", flüsterte ihnen die Frau von hinten zu. „Eure Eltern können stolz auf euch sein. Ihr wart prima Geiseln."

„Komm schon, Gina!“, rief der Muskelmann aus dem Kleinflugzeug.

„Okay, okay!“, rief die Katzenfrau und eilte zum Flugzeug. Kurz darauf heulte der Motor auf.

Daka fuhr herum. Silvania drehte zögernd den Kopf.

Der kleine Propeller an der Flugzeugnase begann sich zu drehen. Immer schneller. Das Kleinflugzeug fuhr im Halbkreis um die Mädchen herum. Durch die Klopapierschlitze erkannten sie, wie ihnen die Katzenfrau aus dem Cockpit zuwinkte. Der Mann steckte sich eine Zigarette zwischen die Lippen, hob die Pistole und drückte auf den Abzug. Eine kleine Flamme schoss aus dem Pistolenlauf. Der Mann zündete daran seine Zigarette an und grinste den Zwillingen zu. Dann beschleunigte die Cirrus SR20 und hob Sekunden später von der alten Rollbahn ab. Wie ein weißer Vogel stieg sie in den Nachthimmel.

Die Schwestern sahen dem Flugzeug nach.

Auf einmal riss sich Daka das Klopapier vom Kopf und rief: „So leicht entkommen die nicht! Ein Halbvampir lässt solche Gangster doch nicht einfach davonfliegen. Die haben uns die ganze Zeit mit ihren Spielzeugpistolen verarscht!“

Silvania sah ihre Schwester mit großen Augen an. „Was hast du vor?“

„Ich fliege ihnen nach, ganz einfach.“

„Aber ... aber wer weiß, wohin die fliegen. Vielleicht bis nach Madagaskar oder an den Südpol. Das schaffst du nicht.“

„Mit dem Flugzeug können sie höchstens 2000 Kilometer weit fliegen."
„Das schaffst du auch nicht."
„Aber ich kann es versuchen", sagte Daka.
„Daka, das ist doch Wahnsinn!"
„Niemand nennt mich einfach so Stachelbirne." Daka breitete die Arme aus.
„Daka! Du lässt mich hier allein? Mitten auf einer verlassenen Rollbahn?"
„Du musst Mama und Papa Bescheid sagen. Flieg nach Hause. Ich melde mich, wenn ich das Versteck der Gangster kenne", sagte Daka. Dann nahm sie Anlauf und erhob sich nach drei riesengroßen Sprüngen in die Luft.
„DAKAAA!", rief Silvania. „Komm zurück!"
Doch Daka hörte ihre Schwester schon nicht mehr. Zumindest tat sie so. Sie hatte das weiße Kleinflugzeug fest im Blick, senkte den Kopf und beschleunigte.

Krimineller Höhenflug

Marko Golert klatschte sich in 2000 Metern Flughöhe auf die Schenkel. „Wir haben es geschafft, Schwesterherz!"

„Noch nicht ganz", meinte Gina Golert. „Erst, wenn wir morgen Nachmittag den Käufer treffen und alles glatt über die Bühne geht."

Marko winkte ab. „Was soll jetzt schon noch schiefgehen? Die Bullen kommen uns so schnell nicht auf die Spur. Und der Käufer ist total verlässlich, hat Onkel Alfred gemeint. Zumindest für einen Kunsthändler vom Schwarzmarkt."

Ein Lächeln huschte über Gina Golerts Gesicht. Ja, was sollte jetzt noch schiefgehen? Sie hatten ihn gemeistert – ihren letzten großen Coup. Sollten sich die Bullen die Hirne zerbrechen, sollten sich die Kollegen die Mäuler zerreißen, sollte sich Onkel Alfred wundern, bis ihm die Haare ausfielen. In zwei Tagen würde sie in einer Maschine der *Singapore Airlines* sitzen und ans andere Ende der Welt fliegen. In ein Land, in dem es mehr Schafe gab als Menschen. Das konnte nur gut werden.

Es klang wie ein Traum. Doch bald würde es Wirklichkeit sein. Dann war sie nicht mehr Gina Golert, genialer Kopf der berüchtigten Kunsträuber Geschwister Golert, sondern Kate Blackburn, eine einfache, zufriedene Schafzüchterin. Vielleicht würde sie einen einfachen, zufriedenen Schafzüchter kennenlernen. Vielleicht auch nicht. Marko würde sie alle paar Jahre besuchen kommen. Mit seiner Frau und den Kindern. Dann würden sie über die alten Zeiten reden, über die Geschwister Golert und ihre Überfälle. Aber erst, wenn die Frau und die Kinder im Bett waren.

Gina Golert warf ihrem Bruder einen warmen Blick zu. Er trommelte mit den Zeigefingern auf seinen Knien und summte „Money makes the world go around“. Dann sah sie auf die beleuchteten Anzeigen vor sich. Sie flogen mit 240 km/h. Das Radar zeigte bereits seit einiger Zeit an, dass sie einen Verfolger hatten. Aber der Ausschlag war so klein. Es war vermutlich nur ein Vogel.

Gina stimmte in das Summen ihres Bruders ein und sah erwartungsvoll in den Nachthimmel.

Angriff der Luftmonster

Silvania Tepes stand auf der einsamen, stockfinsteren Rollbahn und sah dem Kleinflugzeug und ihrer Schwester nach. Bald hatte sie die Dunkelheit verschluckt.

„Fumpfs, fumpfs, fumpfs!“, fluchte Silvania. Sie hätte ihre Schwester zurückhalten sollen. Sie hätte es bei den Gangstern noch mal mit Hypnose versuchen sollen. Sie hätte heute gar nicht ins Kunstpalais gehen sollen.

Sie hätte – aber sie hat nicht.

Einen Moment dachte sie daran, ihrer Schwester hinterherzufliegen. Doch sie verwarf den Gedanken schnell wieder. Wahrscheinlich würde sie schlappmachen, bevor sie Daka eingeholt hatte. Bis zurück in die Stadt und zur Reihenhaussiedlung könnte sie es allerdings schaffen. Sie musste es schaffen. Sie musste Hilfe holen, den Eltern Bescheid sagen und wissen, wie es Oma Rose ging.

Das Problem war nur: In welcher Richtung lag die Stadt? Silvania war bis jetzt nur ein Mal mit einem Taxi vom Flughafen zur Reihenhaussiedlung gefahren. Da hatte sie mit Daka die Euroscheine gemustert, die ihre Mutter gleich nach der Ankunft aus Siebenbürgen aus dem Geldautomaten gezogen hatte. Als sie eben im Gangsterauto zum Flughafen gefahren waren, hatte sie den Kopf die meiste

Zeit gesenkt gehabt und an schöne Dinge gedacht. Nicht daran, dass sie den Weg zurück allein finden musste.

Silvania sah nach links, nach rechts, drehte sich einmal um sich selbst. Es half nichts. Sie musste einfach losfliegen und es versuchen. Und zwar schnell. Sie rieb kurz ihren Kettenanhänger zwischen Daumen und Zeigefinger und atmete tief durch. Dann breitete sie genau wie Daka die Arme aus und nahm Anlauf. Sie lief nicht ganz so schnell wie Daka und sie hob auch nicht so leicht ab. Sekundenlang taumelte sie nur wenige Zentimeter über dem Erdboden von links nach rechts und wäre beinahe in eine alte Mülltonne geflogen. Im letzten Moment senkte sie den Kopf, legte die Arme an und schoss in die Höhe.

Ein paar Meter über der Erde fiel Silvania die Orientierung schon leichter. Sie sah den Flughafen mit den beiden Terminals. Große Flutlichter beleuchteten ihn. Im Minutenabstand stiegen Flugzeuge in die Luft. Vom Flughafen führte eine viel befahrene Straße weg. Das musste die Autobahn sein. Wenn sich Silvania recht erinnerte, führte sie nach Bindburg. Sie musste der Autobahn also nur folgen.

Silvania flog nicht gerne schnell, aber sie hatte keine andere Wahl. Wenn sie sich wie gewöhnlich im Bummelflug fortbewegte, würde sie nicht vor morgen Mittag zu Hause ankommen. Also senkte sie wieder den Kopf und gab Gas. Sie betete, dass sie nicht mit einem Flugzeug zusammenstieß oder an einen der hohen Scheinwerfermasten knallte.

Doch nichts dergleichen passierte. Silvania flog am Flughafen vorbei, ohne auch nur eine kleine Schramme abzubekommen oder einen Piloten aus der Fassung zu bringen. Vielleicht war das Ganze doch leichter, als sie gedacht hatte. Sie flog in etwa 200 Metern Höhe über der Autobahn hinweg. Der Himmel vor ihr leuchtete orange und gold. Das mussten die Lichter von Bindburg sein. Silvania presste die Arme an die Seite. Für ihren Geschmack flog sie viel zu schnell. Aber was sollte schon passieren? Mitten über der Autobahn mit dem Ziel vor der Nase. Bald würde sie zu Hause sein. „Ich schaffe es, ich schaffe es", murmelte Silvania vor sich hin.

RATSCH!

Silvania wurde schwarz vor Augen. „Schlotz zoppo!", schrie sie und wackelte heftig mit dem Kopf. Doch es blieb schwarz. Sie wagte die Position ihrer Arme nicht zu verändern, aus Angst, sie könnte abstürzen. Sie warf den Kopf vor und zurück, was ihren Flugrhythmus völlig durcheinanderbrachte: Einmal machte sie eine Vollbremsung, und im nächsten Moment gab sie Vollgas. Es sah aus, als würde sie ein unsichtbares, buckelndes Pferd reiten.

„Hau ab! Geh von meinem Gesicht!", rief sie. Dabei hatte sie keine Ahnung, was dort zwischengelandet war. Ein Blatt? Ein Vogel? Flugzeugmüll? Was es auch war, es ließ sich von ihrem Geschrei nicht beeindrucken.

Silvania hielt es nicht mehr aus. Sie griff mit der rechten Hand nach dem dreisten blinden Passagier und …

... hatte ein Stück Klopapier in der Hand.

Erst jetzt fiel ihr ein, dass sie sich das Papier vor dem Losfliegen nicht vom Kopf gerissen hatte. Sie versuchte, sich den Rest des Klopapiers vom Kopf zu zerren, doch es wollte sich nicht lösen. Schließlich gab sie es auf. Es war ja egal, wie sie gerade aussah. In 200 Metern Höhe würde sie bestimmt nicht ihrem Traumjungen begegnen. Solange ihr das Klopapier nicht wieder vor die Augen rutschte, konnte es bleiben, wo es war.

Silvania breitete die Arme wieder aus und sah nach unten auf die Autobahn. DIE AUTOBAHN?! Wo war die Autobahn? Die Autobahn war weg. WEG! Einfach so. Etliche Kilometer Beton mit zahlreichen Autos darauf. Verschwunden.

Hektisch ließ Silvania ihren Blick über die Landschaft unter sich gleiten. Es gab ein paar kleine, spärlich beleuchtete Straßen, die von hohen Bäumen und dunklen Dächern gesäumt waren. Auf der Straße parkten Autos Stoßstange an Stoßstange. Es sah aus wie ein Wohngebiet. Aber es kam Silvania nicht bekannt vor.

Silvania flog ein Stück nach rechts. Die Häuser wurden höher und hatten Flachdächer. Silvania flog ein Stück nach links. Die Häuser wurden flacher, dafür größer. Sie sahen aus wie Hallen. Zwischen zwei Hallen lag ein Sportplatz. Aber keine Autobahn.

„Fumpfs!“ Silvania stöhnte. Sie hatte sich verflogen. Sie drehte eine Runde über dem Wohnviertel. Was jetzt? Sollte sie einfach geradeaus weiterfliegen? Aber wo war geradeaus? Vielleicht war geradeaus jetzt rückwärts? Wie konnte sie wissen, ob sie noch in Richtung Stadt flog? Während des Klopapier-Zwischenfalls hatte sie sich ein paarmal gedreht. Alles war durcheinandergeraten. Vorn war hinten, rechts war links, oder umgekehrt. Nur oben und unten waren gleich geblieben. Immerhin.

Silvania kniff die Augen zusammen und suchte den Horizont nach Anhaltspunkten ab. Ihr kam es so vor, als ob es links von ihr heller wurde als in den anderen Richtungen. War da nicht auch ein Turm zu sehen? Der Rathausturm mit der Ritterstatue! Das musste er sein. Dann war dort auch die Innenstadt. Von dort aus fand Silvania bestimmt nach Hause in die Reihenhaussiedlung.

Mit einem tiefen Atemzug sammelte Silvania neue Kräfte. Dann flog sie los, den Turm fest im Blick. Die Arme schmerzten wie nach 100 Liegestützen, der Nacken wurde langsam steif, und der Nachtwind trieb ihr die Tränen in die Augen. Der Turm verschwamm ein wenig, aber sie hielt Kurs. Gleich hatte sie es geschafft! Sie würde sich nur kurz auf der Turmspitze ausruhen und dann schnell das letzte Stück in die Reihenhaussiedlung fliegen.

Silvania steuerte direkt auf die Turmspitze zu. Sie konnte schon die grauen Dachziegel erkennen. Grau? Hatte das Rathaus nicht rote Ziegel? Silvania blinzelte sich die Tränen aus den Augen und sah an der Turmspitze hinab. Das war überhaupt nicht das Rathaus! Vor Schreck wäre Silvania beinahe mitten auf die Turmspitze geknallt. Sie wich in letzter Sekunde mit einem Schrei aus.

Der Schrei wurde mit einem vielstimmigen *Gurr, Gurr* beantwortet.

Silvania stockte schlagartig das Blut in den Adern. TAUBEN! Der Feind der Lüfte Nummer eins! Die fiesesten Vögel überhaupt!

Silvania überlegte nicht lange. Sie folgte ihren Instinkten, presste das Kinn auf die Brust, legte die Arme an und schoss im Turbogang durch die Nacht davon. Wohin, war ihr egal. Hauptsache weg von den Tauben.

Gurr, gurr hörte sie hinter sich.

Die Tauben hatten die Verfolgung aufgenommen! Silvania wusste: Wenn man einmal in einen Taubenschwarm geriet, kam man nicht so schnell wieder heraus. Und auf keinen Fall ungeschoren. Sie und ihre Schwester hatten in ihrer Kindheit einen sehr unangenehmen Taubenzwischenfall erlebt und seitdem ein Taubentrauma. Sie fürchteten Tauben wie andere Leute Spinnen oder Schlangen.

Silvania war am Ende ihrer Kräfte, aber sie durfte jetzt nicht langsamer werden. Schweißtropfen rannen ihr über die Stirn. Ihre Arme zitterten. Ihr Hals war trocken. Durch ihren Rücken zog sich ein stechender Schmerz. Nur mit Mühe konnte sie noch die Augen offen halten.

Vor ihr tauchten verschwommen die Lichter der Innenstadt auf. Oder träumte sie das nur? Vielleicht war es nur eine Fata Morgana, mitten in der Nacht in einer deutschen Großstadt. Silvania hatte keine andere Wahl. Sie steuerte auf das Gebäude in der Mitte zu. Immerhin hatte es rote Dachziegel. Taumelnd flog sie einmal um den höchsten Turm herum. Er verschwand nicht. Dafür schwanden Silvanias Kräfte immer mehr. Ihr wurde auf einmal klar, dass sie es nicht mehr bis zur Reihenhaussiedlung schaffen würde.

Wieder hörte sie das Gurren dicht hinter sich. Sie konnte nicht mehr. Ihr Körper schmerzte an allen Stellen. In ihrem Kopf hämmerte es, als würde eine Taube darin herumpicken. Sollte sie so enden: Neben der Ritterstatue auf dem höchsten Rathausturm von Bindburg, malträtiert von Tauben?

Plötzlich wusste Silvania, wer ihre Rettung war: Helene! Sie wohnte gleich ums Eck in einer Nebenstraße. Silvania nahm ihre letzte Kraft zusammen und flog taumelnd zu Helenes Haus. Bis aufs Äußerste erschöpft ließ sie sich aufs Fensterbrett fallen und schlug mit dem Kopf gegen die Scheibe.

Zum Glück war der dumpfe Schlag laut genug, dass Helene ihn hörte. Nach ein paar Sekunden ging ein kleines Licht im Zimmer an. Helene starrte Silvania mit großen Augen durch die Fensterscheibe an. Dann öffnete sie mit einem Ruck das Fenster und Silvania purzelte ins Zimmer auf den Fußboden.

„Silvania! Was machst du mitten in der Nacht hier?“ Helene hatte sich neben ihre Freundin gekniet und betrachtete sie beunruhigt.

Silvanias Augen fielen vor Erschöpfung immer wieder zu und sie nuschelte: „Die Tau… Tau… Tauben!“

Helene sah sie verstört an. „Was?“

„Die Tauben! Mach das Fenster zu!"

Helene ging zum Fenster und beugte sich hinaus. „Was für Tauben?" Silvania antwortete nicht. Helene zuckte die Schultern und schloss das Fenster. Dann hockte sie sich neben ihre Freundin, die die Augen geschlossen hatte und schwer atmete. „Was ist passiert? Und wieso hast du Klopapier um den Kopf?"

Doch Silvania regte sich nicht mehr. Als Antwort kam nur ein leises *Pfff* aus ihrer Nase. Zum ersten Mal seit ihrem Umzug nach Deutschland war Silvania ohne Probleme mitten in der Nacht in einen tiefen Schlaf gesunken.

Spurlos verschwunden

Der Wecker am Ofen in der Küche zeigte 5:31 Uhr. Frau Tepes fuhr sich mit der flachen Hand über den Hals und seufzte laut. Unter ihren nachtblauen Augen lagen dunkle Ringe. Ihre Frisur war zerzaust, so oft war sie sich in den letzten Stunden mit beiden Händen verzweifelt durch die Haare gefahren.

Sie trank einen Schluck Wasser und sah aus dem Küchenfenster. Draußen wurde es bereits hell. Mihai musste jeden Moment zurückkommen. Hoffentlich nicht allein. Oder zumindest mit guten Nachrichten. Frau Tepes tigerte durch die Wohnung. Sie lief vom Wohnzimmer ins Bad, in die Küche und wieder zurück. Sie setzte Kaffee auf, schaltete den Fernseher ein und schaltete ihn wieder aus. Sie konnte nicht mehr ruhig sitzen, obwohl sie hundemüde war. Die ganze Nacht hatte sie kein Auge zugetan. Wie konnte sie, wenn ihre beiden Töchter auf einmal verschwunden waren!

Als es Mitternacht geschlagen hatte und Silvania und Daka noch immer nicht zu Hause waren, wollte Elvira Tepes die Polizei rufen. Doch Mihai hatte sie davon abgehalten. Was, wenn die Zwillinge nur einen Ausflug machten? Schließlich war es für Halbvampire nicht so ungewöhnlich, eine Nacht im Freien zu verbringen. Elvira musste ihrem Mann recht geben. Sie konnten der Polizei schlecht sagen, dass sie zwei Teenager suchten, die wahrscheinlich irgendwo durch die Luft flogen. Also hatte sich Mihai Tepes selbst auf die Suche gemacht.

Elvira Tepes goss sich gerade eine Tasse Kaffee ein, als sich die Wohnungstür öffnete. Herr Tepes trat mit der Morgenzeitung unter dem Arm ins Haus. Er wirkte erschöpft und durchgefroren. Seine Nase war rot und sein Lakritzschnauzer kringelte sich von der feuchten Morgenluft noch mehr als sonst. Seine pechschwarzen Haare hatte der Flugwind steil nach hinten geweht.

„Und?“ Frau Tepes stand mit der Kaffeetasse in der Hand auf dem Flur und sah ihren Mann mit weit aufgerissenen Augen an.

Mihai Tepes seufzte und schüttelte den Kopf. Er ging in die Küche, legte die Morgenzeitung auf den Tisch und nahm sich ebenfalls einen Kaffee. Er holte eine kleine Ampulle aus der Manteltasche und spritzte einen Schuss Blut in den Kaffee. Dann nahm er einen großen Schluck und schloss einen Moment die Augen.

„Erzähl doch! Wo bist du gewesen?“ Elvira war ihrem Mann in die Küche gefolgt.

Herr Tepes nahm noch einen Schluck Kaffee und begann mit rauer, tiefer Stimme zu erzählen: „Ich habe die ganze Reihenhaussiedlung abgesucht, die angrenzenden Felder und das Wäldchen. Nichts. Noch nicht mal eine Fledermaus. Dann bin ich Richtung Süden geflogen, an ihrer Schule vorbei.“

Elvira Tepes zog die Augenbrauen hoch.

„Ich weiß, es ist sehr unwahrscheinlich, dass sie dorthin freiwillig nachts einen Ausflug machen. Aber ich wollte nichts unversucht lassen – wer kennt sich schon in den Köpfen von zwei zwölfjährigen Halbvampiren aus?"

Frau Tepes nickte niedergeschlagen.

„Aber auch da: nichts. Schließlich bin ich die gesamte Stadt abgeflogen. Ich habe geschaut, ob sie in Bäumen abhängen oder auf Dächern sitzen. Ich bin durch die U-Bahn-Schächte geflogen. Nichts. Nicimo! Keine Spur. Auf dem Rückweg bin ich noch über das Haus deiner Eltern geflogen. Auch da: nicimo." Herr Tepes bemerkte die dunklen Augenringe seiner Frau und strich ihr über den Arm.

„Ich habe bei meinen Eltern angerufen", sagte Frau Tepes leise. „Stell dir vor, Oma Rose ist heute auch nicht nach Hause gekommen."

Herr Tepes runzelte die Stirn. Wenn zwei Halbvampire nachts nicht nach Hause kamen, war das eine Sache. Aber wenn eine über 60-jährige Dame nachts nicht nach Hause kam, dann war etwas faul. Oberrattenfaul. Zumindest war es sehr unwahrscheinlich, dass Rose Wagenzink auf ihre alten Tage zur Partymaus mutiert war und sich mit ihren Enkeltöchtern in den Szeneklubs von Bindburg die Nacht um die Ohren schlug.

Mihai Tepes überlegte einen Moment, ob er seinem Bruder Vlad in Transsilvanien Bescheid sagen sollte. Doch der würde mit Sicherheit sofort seine blutrote Garde zusammentrommeln oder womöglich sogar Vampol, die internationale Polizeiorganisation der Vampire, einschalten. Sollte deren Einsatzkommando in der Reihenhaussiedlung in Bindburg auftauchen, würde Elvira in Ohnmacht fallen. Nein, es war besser, den Tag abzuwarten.

„Opa Gustav war völlig am Ende mit den Nerven. Trotzdem wollte er nicht zu uns kommen. Er wollte lieber zu Hause warten“, erzählte Frau Tepes. „Er hat im Kunstpalais angerufen, dort ging sofort der Anrufbeantworter an. Er wollte sich auf den Weg zur Polizei machen, aber ich habe ihn gebeten zu warten, bis du von deiner Suche zurück bist.“

Herr Tepes stellte die Kaffeetasse auf der Morgenzeitung ab und fuhr sich mit der flachen Hand über das Gesicht. Im kühlen Morgenlicht wirkten seine Augen noch dunkler und seine Haut noch blasser. „Wo stecken sie nur?“

„Vielleicht hätten wir nicht so streng mit ihnen sein sollen wegen der Sache mit dem Klobrillenflug“, sagte Frau Tepes.

„Du meinst, sie sind vielleicht deswegen abgehauen?“

Frau Tepes zuckte die Schultern. „Immerhin habe ich sie 250 Klobrillen putzen lassen.“

Herr Tepes fuhr sich nachdenklich über den Lakritzschnauzer. „Wieso ist Oma Rose dann auch verschwunden? Aus Solidarität?“ Herr Tepes hob die Tasse hoch und nahm einen weiteren Schluck Kaffee. Dabei fiel sein Blick auf den kleinen Zeitungsartikel, auf dem die Tasse gestanden und um den sie einen feuchten Kaffeering gebildet hatte. Er überflog den Artikel, verschluckte sich und prustete vor

Schreck los. Lauter kleine Kaffeespritzer landeten auf der Morgenzeitung.

„Was ist los?“, rief Elvira und klopfte ihrem Mann fürsorglich auf den Rücken.

Herr Tepes deutete auf die Zeitung. „Sieh dir das an!“

Elvira Tepes beugte sich zusammen mit ihrem Mann über die braun gesprenkelte Morgenzeitung und las:

KÜHNER KUNSTRAUB IM KUNSTPALAIS

Wie kurz vor Redaktionsschluss gemeldet wurde, fand gestern Nacht einer der spektakulärsten Kunstraube aller Zeiten statt. Laut Polizei wurde mit einer noch nie gesehenen Unverfrorenheit das wertvollste Stück der aktuellen Sonderausstellung zur japanischen Kunst der Edo-Periode gestohlen. Es handelt sich dabei um einen etwa 200 Jahre alten Fächer, der laut Expertenmeinung über drei Millionen Euro wert ist.

Dank eines aufmerksamen Mitarbeiters des Sicherheitsdienstes, der den Kunstraub auf der Videoüberwachung verfolgte und die Polizei alarmierte, gelang es der Polizei, die Kunsträuber an Ort und Stelle festzunehmen. Mit Klopapier verhüllten Gesichtern hatten sie versucht zu fliehen. Oberkommissar Hölzel zufolge sind die Kunsträuber langjährige Mitarbeiter des Kunstpalais. Dem 54-jährigen Alfons S. wird bis jetzt nur Mittäterschaft vorgeworfen, während die 62-jährige Rose W. als eindeutig überführt gilt. Laut Hölzel hatte die Kunstdiebin „unverschämt provokant mit dem Diebesgut in die Kamera der Videoüberwachung gewinkt“.

Einzig unklar ist der Polizei, wo die Kunsträuber den wertvollen Fächer vor ihrer Festnahme deponiert haben. „Vermutlich“, so Hölzel, „haben sie das Diebesgut einem Komplizen übergeben. Es ist nur eine Frage der Zeit, bis wir auch den schnappen.“

Der Leiter des Kunstpalais, Herr Dr. Cornelius Dieskau, gab bekannt, dass die Ausstellung bis auf Weiteres geschlossen bleibe.

Frau Tepes richtete sich auf und starrte ihren Mann mit offenem Mund an. Herr Tepes’ Mund war ebenfalls aufgeklappt.

„Aber … das … das kann doch nicht …“, begann Elvira Tepes.

„Langjährige Mitarbeiter … 62-jährige Rose W.“, flüsterte Herr Tepes. „Die meinen deine Mutter.“

„Das geht nicht. Die müssen sich irren. Die können doch nicht einfach meine Mutter festnehmen!“

Herr Tepes sah auf den Artikel. Dann zog er seine Frau an sich heran. „Offenbar doch.“

Der Fledermaus sei Dank

Silvania hatte geschlagene fünf Stunden tief und fest geschlafen. Zum Glück hatte sie weder von Tauben, von Gangstern noch von Klopapier geträumt. Als sie mit Helene im Morgengrauen an der U-Bahn-Station Nordheide ausstieg und den Lindenweg entlanglief, war sie noch ganz benommen.

„Geht es wieder?“, fragte Helene und musterte Silvania sorgenvoll. Nachdem ihre Freundin in einen Tiefschlaf gefallen war, hatte Helene ihr das Klopapier vom Kopf gewickelt, sie zugedeckt und ein weiches Kopfkissen untergelegt. Dann war sie selbst in einen unruhigen Schlaf gefallen.

„Ich spüre meine Arme kaum, aber sonst ist alles in Ordnung“, erwiderte Silvania. Sie gähnte hinter vorgehaltener Hand. Wahrscheinlich würde sie sich nie an das Schlafen in der Nacht gewöhnen.

Die Mädchen gingen die Stufen zum Eingang des Reihenhauses Nummer 23 hoch. Bevor Silvania die Haustür aufschloss, zögerte sie. Was würde sie zu Hause erwarten? Würde Daka dort sein? Oder Oma Rose? Waren ihre Eltern sauer oder froh, sie wiederzusehen? Sie steckte den Schlüssel ins Schloss, drehte ihn nach rechts und die Haustür öffnete sich mit einem Klack.

Kaum hatte Silvania den Flur betreten, kam ihre Mama auf sie zugestürmt und umarmte sie. So fest, dass Silvania nach Luft rang. „Potztausend! Sie sind wieder da! Meine Silvania! Ich verspreche dir: Nie, nie wieder musst du 250 Klobrillen putzen."

Herr Tepes umschloss seine Frau und seine Tochter gleichzeitig mit seinen kräftigen Armen und drückte sie. Er vergrub das Kinn in Silvanias Haaren und brummte: „Datiboi flatliac!", was so viel hieß wie „der Fledermaus sei Dank".

Silvania konnte nichts sagen. Dazu bekam sie gerade zu wenig Luft und sie musste zu sehr mit den Tränen kämpfen.

Elvira, Mihai und Silvania Tepes verharrten einen Moment als Familienknäuel auf dem Flur. Ab und zu kam ein Seufzen und Schniefen aus dem Knäuel. Dann löste sich Herr Tepes als Erster. Er wollte auf Helene zustürmen und sie in die Arme schließen, erstarrte aber mitten in der Bewegung. „Du bist nicht Daka", stellte er fest.

Helene schüttelte den Kopf. „Tut mir leid."

„Daka ist nicht bei euch?", fragte Silvania, die sich aus der Umarmung befreit hatte.

Frau Tepes schüttelte den Kopf. „Wir dachten, ihr seid zusammen."

„Waren wir auch. Bis Daka den Gangstern im Kleinflugzeug hinterhergeflogen ist."

„Welche Gangster?", rief Frau Tepes und fasste sich ans Brustbein.

„Welches Kleinflugzeug?", rief Herr Tepes.

Silvania sah zwischen ihren Eltern hin und her. „Das ist eine längere Geschichte. Am besten, ich fange am Anfang an."

Elvira und Mihai Tepes saßen auf der blutroten Couch im Wohnzimmer, während ihre Tochter ihnen eine unglaubliche Geschichte erzählte. Hätte Herr Tepes seine Füße zur Beruhigung nicht ins Katzenklo mit Heimaterde gesteckt, wäre er wahrscheinlich vor Wut an die Decke gegangen. Seine Töchter als Geiseln! Seine Schwiegermutter als Spielball von Kunsträubern!

„Ich fliege Daka sofort hinterher!“, rief er und sprang auf, sobald Silvania mit ihrem Bericht geendet hatte.

Frau Tepes versuchte, ihn wieder auf die Couch zu ziehen. „Nein, das tust du nicht! Du hast keine Ahnung, wohin die Gangster geflogen sind. Außerdem herrscht Tagflugverbot, trotz allem. Uns ist nicht geholfen, wenn sie dich auch noch wegsperren. Schlimm genug, dass Oma Rose hinter Gittern sitzt.“

„Oma? Hinter Gittern? Wieso das denn?“, fragte Silvania.

Auch Helene sah Frau Tepes fassungslos an.

Frau Tepes erzählte ihnen von dem Artikel in der Morgenzeitung.

„Das ist doch totaler Blödsinn!“, rief Silvania.

„Uns musst du das nicht sagen“, meinte Herr Tepes und stand auf.

„Wo willst du hin?“, fragte seine Frau.

„Ich brauche jetzt erst mal einen Karpovka.“ Er ging zur Schrankwand und nahm ein kleines Glas und eine Flasche mit einer durchsichtigen Flüssigkeit und einer zusammengerollten Raupe darin aus dem Regal.

„Was machen wir jetzt?“, fragte Helene.

Frau Tepes erhob sich mit einem Ruck. „Ich rufe erst mal Opa Gustav an. Vielleicht weiß er noch gar nichts von dem Kunstraub und sitzt zu Hause und wartet auf seine Frau.“

Das tat Opa Gustav nicht. Frau Tepes erreichte ihren Vater auf dem Handy. Er war bereits seit einer Stunde auf der Polizeiwache und redete auf jeden Beamten ein, der ihm über den Weg lief. Als Elvira anrief, war er froh, endlich jemanden gefunden zu haben, der ihm zuhörte.

Silvania überlegte gerade, was sie der Polizei erzählen sollte, als es an der Tür klingelte. Sie schreckte hoch und eilte in den Flur. Vielleicht war es Daka. Oder die Polizei. Oder der Postbote.

Silvania riss die Haustür auf. Sie sah verblüfft auf den Besucher. „Du?“

Ludo nickte. Ein paar seiner dunklen Strähnen fielen vor die ockerfarbenen Augen. Dann sagte er leise und schnell: „Frag nicht wie und glaub mir einfach: Ich habe Daka gesehen. Es geht ihr gut. Also, relativ. Aber sag deiner Mutter, sie soll unbedingt aufhören zu telefonieren.“

Silvania sah Ludo an, als wäre gerade ein Bügeleisen über ihr Gesicht gefahren. „Wie bitte?“

„Tu es einfach. Sofort!“

„Woher weißt du, dass meine Mutter gerade telefoniert?“

Ludo wippte von einem Bein aufs andere. „Das ist doch jetzt egal. Sag ihr einfach, sie soll den Hörer auflegen. SOFORT. Es ist wirklich wichtig.“

Silvania runzelte die Stirn. „Das ist ein Scherz, oder?"

„Nein, ich mache keine Scherze. Sag ihr, sie soll auflegen. Es geht um deine Schwester. Bitte, glaube mir!"

Silvania starrte in Ludos Augen und ihr wurde fast schwindlig, so stark war deren Strudelwirkung. „Wieso sollte ich dir glauben?"

„War meine Warnung vor dem Kunstpalais ein Scherz?"

Da war was dran, musste Silvania zugeben. Aber war es Zufall oder Schicksal? Sie hatten einmal nicht auf Ludo gehört und waren in Schwierigkeiten geraten. Sollte Silvania ihm beim zweiten Mal eine Chance geben? „Okay", sagte sie schließlich. „Sollte das Ganze doch ein Scherz sein, dann darfst du wissen, dass meine Rache dafür kein Scherz sein wird."

„Ja, ja, nun geh schon", sagte Ludo.

Silvania warf einen letzten misstrauischen Blick auf Ludo, dann drehte sie sich um und verschwand in der Wohnung.

„Wer war das an der Tür?", fragte Helene, als Silvania wieder ins Wohnzimmer trat.

„Ludo."

„Echt? Was wollte der denn?"

„Dass Mama aufhört zu telefonieren." Silvania zog ihre Mutter am Arm. „Hast du gehört, Mama? Leg den Hörer bitte mal auf."

Frau Tepes sah ihre Tochter irritiert an. Sie legte die Hand auf die Sprechmuschel. Aus der anderen Muschel war Opa Gustavs aufgeregte Stimme zu hören. „Wieso das denn?“, fragte Frau Tepes leise.

„Bitte. Tu es einfach. Für mich. Und für Daka.“ Silvania kam sich etwas blöd vor bei der ganzen Aktion. So richtig wusste sie ja selbst nicht, warum ihre Mutter auflegen sollte. Nur, weil ein etwas durchgeknallter Einzelgänger aus ihrer Klasse es gesagt hatte?

Frau Tepes runzelte die Stirn und sah fragend zu ihrem Mann. Der zuckte die Schultern. Dann blickte sie wieder in die bittenden Augen ihrer Tochter. Langsam nahm sie den Telefonhörer vom Ohr und drückte auf die rote Taste, die die Verbindung unterbrach. Sie hatte ihre Tochter dabei nicht aus den Augen gelassen. „Ich hoffe, du hast einen guten Grund dafür.“

Silvania schielte nach rechts und nach links, dann sah sie zu Boden. Mit jeder Sekunde, die verstrich, wäre Silvania am liebsten tiefer im Teppichboden versunken. Es war einfach oberpeinlich. Das Telefon schwieg, Herr und Frau Tepes schwiegen, und Helene schwieg auch.

Herr Tepes räusperte sich. „Worauf, bitte schön, warten wir genau?“

Hätte Silvania das gewusst! Sie war kurz davor, zur Haustür zu stürmen, um Ludo den Kopf abzureißen, als das Telefon klingelte. Silvania zuckte zusammen. Herr Tepes sprang von der Couch hoch, dass sein Karpovka überschwappte, und Helene sperrte Augen und Ohren auf.

Frau Tepes starrte drei Sekunden das klingelnde Telefon an, dann drückte sie auf die grüne Taste und nahm den Hörer zum Ohr. „Elvira Tepes“, meldete sie sich.

„Ich bin’s. Daka“, flüsterte jemand am anderen Ende der Leitung.

„ES IST DAKA!“, rief Frau Tepes.

Sofort versammelten sich Herr Tepes, Silvania und Helene um Frau Tepes herum und versuchten, dem Telefonhörer so nah wie möglich zu kommen. Sie hätte das Gespräch auch laut stellen können, aber Frau Tepes war zu aufgeregt, um daran zu denken.

„Wo bist du? Geht es dir gut?“, fragte Frau Tepes.

„Mir geht’s prima. Nur meine Arme tun weh. Ich bin in einem Dorf. Es heißt Mörelgrim.“

„Mörelgrim?“, wiederholte Frau Tepes und sah die anderen fragend an. „Wo ist das?“

„Keine Ahnung. Irgendwo in den Bergen. Ziemlich weit weg von Bindburg. Die Leute sagen hier komische Sachen wie ‚Grüezi‘ und ‚Buongiorno‘“, erklärte Daka.

„Du bist in der Schweiz!“, schlussfolgerte Frau Tepes sofort.

„Im italienischen Teil“, fügte Herr Tepes hinzu.

„Was ist mit den Gangstern?“, rief Silvania in die Sprechmuschel.

„Die …“ Der Rest folgte im Flüsterton.

„WAS?“, riefen die vier Zuhörer ins Telefon.

„Die sitzen in einem alten Bauernhaus. Bis jetzt ist keiner wieder aus dem Haus gekommen. Ich habe das Haus die ganze Zeit beobachtet. Bestimmt warten sie dort auf den Käufer für den Fächer."

„Wo bist du jetzt?", fragte Herr Tepes.

„In einem Gasthof. Ich wollte euch nur schnell anrufen und Bescheid sagen und fragen, was ich jetzt machen soll."

„Du bleibst in dem Gasthof!", rief Frau Tepes.

„Nein, du musst das Haus weiter beobachten!", rief Herr Tepes.

„Geh zur Polizei!", riefen Silvania und Helene.

„Sag den Gastwirten Bescheid", schlug Frau Tepes vor.

„Gumox!", rief Herr Tepes und zog den Hörer an sich. „Mach das nicht. Die stecken in dem Dorf garantiert alle unter einer Decke."

„Flieg zur nächsten Polizeiwache", riet Silvania.

„NEIN!", schrie Frau Tepes. „Nicht fliegen!"

„Na, was denn jetzt?", fragte Daka.

Einen Moment blieb es still am Ende der Leitung in Bindburg. Dann sagte Frau Tepes: „Du bleibst, wo du bist. Wir gehen hier zur Polizei."

„Genau", sagte Herr Tepes. „Wir erklären ihnen alles. Und die schicken dann ganz schnell ein paar Kollegen nach Möbelbims."

„Mörelgrim!", verbesserte Daka ihren Papa.

„Und denk an die sieben radikalen Regeln. Die gelten auch in der Schweiz!", sagte Frau Tepes. „Kein Fliegen oder Flopsen mehr."

„Nur im Notfall", sagte Herr Tepes und fing einen warnenden Blick von seiner Frau ein.

„Silvania?", begann Daka. „Es tut mir leid,

dass ich dich allein auf der Rollbahn stehen lassen habe."

„Ist schon okay. Ich … äh … bin ja gut nach Hause gekommen", erwiderte Silvania.

„So, Schluss jetzt. Wir müssen zur Polizei", sagte Frau Tepes. „Daka, halte durch, bald bist du wieder bei uns. Und mach keine Dummheiten, hörst du?"

„Ja, ja."

Mit einem Seufzen legte Frau Tepes auf.

„Zur Polizei! Aber rapedadi!", rief Herr Tepes, kippte seinen Karpovka auf ex hinunter und stürmte aus dem Wohnzimmer.

Silvania überholte ihn im Flur. Mit einer gewissen Person hatte sie noch etwas zu klären. Sie riss die Haustür auf, die sie nur angelehnt hatte. Sie sah auf die leeren Treppenstufen. Sie sah nach links. Sie sah nach rechts. Nichts. Kein Ludo Schwarzer stand mehr vor der Tür. Sie ging auf den Bürgersteig und blickte den Lindenweg entlang. Ludo Schwarzer war verschwunden.

Auf falscher Fährte

Als Mihai und Elvira Tepes mit Silvania und Helene im Schlepptau auf die Polizeiwache stürmten, stießen sie beinahe mit Opa Gustav zusammen. Er stand mit hochrotem Kopf vor dem Schalter und redete auf den Beamten dahinter ein.

Erfolglos. Der Beamte blickte ihn durch seine Nickelbrille mit kleinen runden Augen an und blinzelte. Geduldig wiederholte er seine Antworten.

„Nein, Sie können jetzt nicht zu Ihrer Frau."

„Ja, Ihre Frau ist die Hauptverdächtige."

„Nein, wir können sie nicht einfach freilassen."

„Ja, wir sind noch ganz gescheit."

„Nein, 25 Euro reichen nicht als Kaution."

Als Opa Gustav seine Familie in der Polizeiwache sah, schlug er die Hände zusammen. „Gut, dass ihr kommt!", rief er. „Allein wird man hier einfach nicht für voll genommen. Ich versuche seit Stunden, vernünftig mit diesem Staatsbeamten zu reden – meint ihr, er kommt mir mal ein Stück entgegen? So eine Sturheit ist mir noch bei keinem Verkaufsgespräch während meiner ganzen Berufslaufbahn vorgekommen!"

Opa Gustav hatte 42 Jahre in einem Autohaus gearbeitet und es vom Lehrling zum Geschäftsführer gebracht. Laut Opa Gustav hatte keiner, der einen Schritt in sein Autohaus gesetzt hatte, es jemals ohne Neuwagen wieder verlassen.

Frau Tepes umarmte ihren Vater. „Wir machen das schon. Reg dich nicht auf“, sagte sie.

„Ich reg mich überhaupt nicht auf. Ich weiß gar nicht, wie das geht.“ Gustav Wagenzink warf dem Beamten einen wütenden Blick zu.

Der Beamte blinzelte.

Herr Tepes drängte sich an den Schalter. „Ich bin Mihai Tepes und verlange die sofortige Freilassung meiner Schwiegermutter!“ Er warf seine pechschwarze Mähne schwungvoll nach hinten.

„Guten Tag, mein Name ist ebenfalls Tepes. Hatten Sie bis jetzt eine schöne Schicht?“, fragte Frau Tepes und lächelte, so zuckersüß sie konnte.

„Jetzt mal Klartext: Sie sind auf einer völlig falschen Fährte“, sagte Herr Tepes.

„Lassen Sie meine Oma frei. Sie war es nicht“, forderte Silvania. „Wir waren alle zusammen auf dem Klo.“

„Eine unschuldige Geisel haben sie verhaftet!“, sagte Frau Tepes.

„Sie müssen in die Schweiz“, sagte Helene.

„Sie haben uns Klopapier um den Kopf gewickelt“, sagte Silvania.

„Kennen Sie Möbelbims?“, fragte Herr Tepes.

„Unsere Töchter waren Geiseln“, sagte Frau Tepes.

„Das ist ein Skandal!“, fand Opa Gustav.

„Sie sind mit uns zum alten Frachtterminal gefahren“, sagte Silvania.

„Zwei zwölfjährige Mädchen in Gangsterhand! Das müssen Sie sich mal vorstellen“, sagte Frau Tepes.

„Die Frau hat ganz grüne Augen und der Mann Oberarme wie ein Gorilla“, berichtete Silvania.

„Unsere Tochter ist ihnen gefolgt“, sagte Frau Tepes.

„Sie sollten sich mal ein Beispiel an ihrem Mut nehmen! Sie ist ihnen hinterhergeflogen, ganz allein!“, warf Herr Tepes ein.

„Nicht die, die andere“, warf Helene ein.

„Äh ... auf dem Rücksitz, in einem Kleinflugzeug“, fügte Frau Tepes schnell hinzu.

„Jetzt sitzt sie in einem Gasthof“, sagte Helene.

„Alarmieren Sie sofort die Kollegen!“, verlangte Herr Tepes.

„Sie warten in einem Bauernhaus auf den Käufer für den Fächer“, sagte Helene.

„Jetzt tun Sie doch endlich was!“, rief Opa Gustav und schlug mit der Faust auf den Schaltertresen. Ein Pappkalender fiel um.

Der Beamte, der die ganze Zeit mit leicht geöffnetem Mund von einer Person zur anderen gesehen hatte, hob langsam die Hand und stellte den Pappkalender behutsam wieder auf. Er blinzelte zweimal, dann sagte er mit leiser Stimme: „Wenn ich Sie recht verstanden habe, soll ich Ihre Schwiegermutter freilassen, weil Sie alle zusammen auf dem Klo waren. Des Weiteren soll ich in die Schweiz fahren, weil Ihre Tochter dort in einem Gasthof sitzt und meine Kollegen auf den Käufer des Fächers warten. Und zu Ihrer Information: Nein, Möbelbims kenne ich nicht, und ich habe auch niemandem Klopapier um den Kopf gewickelt.“

Frau Tepes seufzte, Herr Tepes raufte sich die

Haare, Silvania stöhnte, Helene schlug sich an die Stirn, und Opa Gustav war kurz vorm Explodieren. Er schnaufte wie ein Stier in der Arena.

Wie auf Kommando redeten alle gleichzeitig auf den Beamten ein.

„SIE sollen doch nicht in die Schweiz …"

„Wir waren gar nicht auf dem Klo …"

„Die Kunsträuber warten auf den Käufer …"

„Es heißt Mörelgrim, nicht Möbelbims …"

Der Polizist hob abwehrend die Hände. „RUHE!", rief er. Seine Stimme war überraschend kräftig. Er nahm die Nickelbrille ab und rieb sich die Augen. Dann setzte er die Brille wieder auf und blinzelte ein paarmal. „So geht das nicht. Sie beide", sagte er und zeigte auf Herrn und Frau Tepes, „bleiben hier und erklären mir alles. Schön langsam und der Reihe nach. Und der Rest setzt sich draußen auf die Stühle im Gang und wartet."

„Aber –", begann Gustav Wagenzink.

Der Beamte zeigte mit ausgestrecktem Arm und Zeigefinger zur Tür. „Oder ich schicke Sie alle wieder weg."

Frau Tepes klopfte ihrem Vater behutsam auf die Schulter. „So ist es am besten. Warte du mit Silvania und ihrer Freundin draußen."

Herr Wagenzink warf dem Polizisten einen letzten feindseligen Blick zu, dann folgte er seiner Enkeltochter und ihrer Freundin auf den Flur. Sie setzten sich nebeneinander auf die Stühle an der Wand und starrten einen Moment vor sich hin.

„Hoffentlich glaubt er ihnen", sagte Silvania.

„Bestimmt. Er muss einfach“, fand Helene.

„Was genau ist eigentlich passiert? Ihr wart auch im Kunstpalais?“, fragte Opa Gustav.

Silvania nickte und erzählte die Geschichte heute zum dritten Mal. Als sie gerade von Dakas Anruf aus Mörelgrim berichtete, flog die Tür auf, und Herr und Frau Tepes liefen auf die Wartenden zu. Sofort sprangen alle von den Stühlen auf.

„Und, habt ihr es ihm begreiflich machen können? Wird meine Rose endlich freigelassen? Schnappen sie sich die Gangster?“, fragte Opa Gustav.

„Sie schalten die Kollegen in der Schweiz ein“, berichtete Frau Tepes.

„Die gehen der Sache auf den Grund. Wenn sich alles bewahrheitet und die eigentlichen Kunsträuber und der Fächer tatsächlich entdeckt werden, kommt Oma Rose vermutlich frei“, sagte Herr Tepes.

„Zumindest ändert sich dann die Beweislage zugunsten von Oma Rose, sagte der Herr vom Schalter“, fügte Frau Tepes hinzu.

„Halleluja!“, rief Opa Gustav und klatschte in die Hände. „Ich dachte schon, der Blinzelbeamte ist ein aussichtsloser Fall.“

Auf frischer Tat

Am frühen Morgen erhielten die Beamten der Kantonspolizei in der italienischen Schweiz einen Anruf von ihren Kollegen aus Deutschland. Es handelte sich um eine brandheiße Angelegenheit: ein schwerer Kunstraub. Die Täter waren mit der Beute flüchtig und hielten sich nach Zeugenhinweisen in einem Bauernhaus im kleinen Ort Mörelgrim auf.

Sofort wurde die Gemeindepolizei von Mörelgrim verständigt. Sie überwachte das Bauernhaus, bis die Verstärkung von der Kantonspolizei kam. Kriminalkommissar Matter, ein erfahrener Beamter kurz vor der Pensionierung, übernahm die Leitung des Einsatzes. Während ein jüngerer Kollege das Bauernhaus vielleicht sofort gestürmt hätte, wartete Kommissar Matter ab. Er hatte viel Zeit. Als ein dunkelblauer Volvo vor das Bauernhaus fuhr und ein untersetzter, kahlköpfiger Mann im Haus verschwand, gab er nach ein paar Minuten das Zeichen zum Angriff.

Die Beamten stürmten das Bauernhaus und erwischten die Kunsträuber mitten bei der Übergabe. Der wertvolle japanische Fächer lag auf einem großen Holztisch ausgebreitet. Der Kahlkopf betrachtete ihn gerade mit einer Lupe, während die beiden Kunsträuber am anderen Tischende standen und einen Koffer voller Geld öffneten.

Kommissar Matter erkannte sie sofort: Es waren die berüchtigten Geschwister Golert. Jahrelang war er ihnen während seiner Beamtenlaufbahn auf der Spur gewesen. Immer waren sie ihm entwischt. Mal knapp, mal mit Riesenabstand. Dass er sie jetzt, ein paar Monate vor seiner Pensionierung, fasste, kam ihm wie ein Traum vor. Das war das Sahnehäubchen auf seinem Berufsleben.

Gina und Marko Golert erkannten die Ausweglosigkeit der Situation. Sie hatten noch nie verloren, aber sie wussten, dass es jetzt so weit war. Sie wurden ohne Probleme zusammen mit dem Kahlkopf abgeführt. Marko Golert schüttelte auf der Rückbank des Polizeiwagens unablässig den Kopf und murmelte: „Verdamm mich, Mann, so knapp davor. Scheißknapp, verdamm mich!“ vor sich hin. Gina Golert sah aus dem Fenster, ohne eine Miene zu verziehen.

Auf der Polizeiwache legten die Golerts ein umfangreiches Geständnis ab. Sie bestätigten damit die Aussage des zwölfjährigen Mädchens, das den Kunsträubern heimlich gefolgt war und im Gasthaus von Mörelgrim auf die Polizei gewartet hatte. Kriminalkommissar Matter war noch nicht ganz klar, wie sie es als Geisel geschafft hatte, unbemerkt in das Kleinflugzeug der Kunstdiebe zu steigen. Aber ansonsten war ihre Geschichte durchaus schlüssig. Und sie zeugte von großem Mut. Kommissar Matter war so angetan von dieser Dakaria Tepes, dass er beschloss, sie höchstpersönlich zurück nach Deutschland zu begleiten. Leider schlief die junge Heldin den ganzen Flug über.

Partyhäppchen

„Schnappobyx!“, rief Herr Tepes. Er stand umgeben von seiner Frau, seinen Töchtern, Oma Rose und Opa Gustav, Helene und Dr. Peter Steinbrück sowie Pförtner Schnölzel im Wohnzimmer und hatte das Glas erhoben. „Auf unsere Heldinnen, Rose, Silvania und Daka!“

„Prost!“, riefen die anderen zurück. Dann klirrten die Gläser.

Auf dem Wohnzimmertisch standen ein großer Präsentkorb von der Bindburger Hauptpolizeiwache für die Zwillinge, Oma Rose und Pförtner Schnölzel und ein kleinerer von der Kantonspolizei in der Schweiz, ganz allein für Daka mit persönlicher Grußkarte von Kriminalkommissar Matter. Vor den Körben lagen mehrere Zeitungsausschnitte.

„Herr Dr. Steinbrück!“, rief Herr Tepes. „Haben Sie das schon gesehen?“ Mihai Tepes deutete auf die Zeitungen. Er hatte jeden Artikel über den Kunstraub sorgfältig ausgeschnitten.

Als Daka nach Hause gekommen war, hatte sie die Familie überglücklich in die Arme geschlossen. Danach hatte Herr Tepes seiner Frau zuliebe Daka allerdings noch eine kleine Standpauke gehalten, dass sie zwar sehr mutig, aber auch sehr leichtsinnig, unverantwortlich und sträflich töricht gehandelt hatte. Silvania ebenfalls. Herr Tepes wusste, dass seine

Frau recht hatte. Doch er war viel zu stolz auf seine Töchter, um ihnen ernsthaft böse zu sein.

Herr Dr. Steinbrück stellte sich neben Herrn Tepes und studierte die Zeitungsausschnitte. MUTIGES MÄDCHEN AUF GANGSTERJAGD lautete eine Überschrift. DIE RACHE DER GEISELN eine andere. ZWÖLFJÄHRIGE ÜBERFÜHRT KUNSTDIEBE die nächste und eine weitere DIE KUNSTRÄUBER UND DIE VIER GEISELEIN. Neben den Artikeln, die allesamt den spektakulären Ausgang des Kunstraubs schilderten, waren Fotos abgedruckt. Sie zeigten die vier ehemaligen Geiseln und Kriminalkommissar Matter von der Kantonspolizei sowie Oberkommissar Hölzel von der Hauptpolizeiwache Bindburg bei der Übergabe der Präsentkörbe.

Herr Tepes sah mit strahlenden Augen auf die Fotos. Was hatte er doch für tolle Töchter! Und was für eine patente Schwiegermutter!

„Wo ist denn Daka auf diesem Bild?“, fragte Helenes Papa und zeigte auf ein Foto, das genauso aussah wie die anderen, nur mit dem kleinen Unterschied, dass dort, wo Daka stand, eine Lücke war. Als wäre Daka plötzlich unsichtbar oder aus dem Foto retuschiert worden.

„Da habe ich mich gerade gebückt und am Knie gekratzt“, warf Daka schnell ein, die hinter Herrn Dr. Steinbrück stand.

„Oh, da wird sich der Fotograf aber geärgert haben, was?“, meinte Helenes Papa.

Daka nickte. Vor allem wird sich der Fotograf gewundert haben, als er den Film entwickelt und die restlichen Fotos gesehen hat. Denn Daka war … na ja, nicht gerade fotogen. Als Halbvampir konnte man sie zwar – genau wie jeden Vampir – mit einer normalen Digitalkamera fotografieren, aber nicht mit einer Spiegelreflexkamera. Auf Fotos mit einer Spiegelreflexkamera war Daka nur schemenhaft sichtbar. Genau wie im Spiegel. Silvania kam in dem Punkt mehr nach ihrer Mutter und war etwas besser zu erkennen. Auf dem Foto in der Zeitung sah sie nur etwas unscharf aus. Daka hatte sich dagegen lieber gleich gebückt, als sie den Fotografen mit der großen alten Kamera sah. Vermutlich hatte er sie aber doch auf ein paar Bildern erwischt. Es war sehr wahrscheinlich, dass er seine Kamera danach zur Reparatur gebracht oder weggeschmissen hatte.

„Mihai, mach doch etwas Musik!“, rief Frau Tepes, die gerade mit Oma Rose Partysandwiches ins Wohnzimmer trug. Auf jedem Sandwich steckte ein kleiner Papierfächer.

Herr Tepes ging zur Anlage und suchte nach einer CD. Silvania und Daka hofften, er legte nicht die fünfzehn Versionen von „Transsilvania, rodna inima moi“ auf, sondern eine CD ihrer Mama. Sie war eindeutig eher auf der Höhe der Zeit, was Musik betraf.

Opa Gustav saß mit Pförtner Schnölzel zusammen auf der blutroten Couch und redete auf ihn ein: „Es ist nie zu spät für einen Neuwagen. Sie sind doch noch jung, in der Blüte des Lebens! Wissen Sie, dass eine Frau sich durchschnittlich sechs Paar Schuhe im Jahr kauft? Und da sollen wir Männer uns nicht alle paar Jahre einen Neuwagen leisten? Also, ich bitte Sie!"

Herr Tepes und Herr Dr. Steinbrück gesellten sich zu den beiden Männern auf die Couch. „Worum geht es?", fragte Mihai Tepes.

„Um den einzigen Luxus, den sich ein Mann leisten sollte", erklärte Opa Gustav.

„Eine Zahn-Zusatzversicherung?", fragte Herr Dr. Steinbrück.

„Rennzecken?", fragte Herr Tepes.

Während Gustav Wagenzink Pförtner Schnölzel und Herrn Dr. Steinbrück vom Kauf eines Neuwagens überzeugen wollte (bei seinem Schwiegersohn hatte er es schon lange aufgegeben), versuchte Herr Tepes, die Herrenrunde für ein kleines Zeckenrennen mit lukrativem Wetteinsatz zu begeistern.

Silvania, Daka und Helene hatten ihre eigene Wette laufen. Sie schoben sich ein Partysandwich nach dem anderen in den Mund. Wer zuerst zehn Papierfächer hatte, war der Sieger.

„Was meinst du, wie viele Kilometer bist du nach Mörelgrim geflogen?", fragte Silvania ihre Schwester.

Daka schluckte das restliche Sandwich hinunter. „Schätze, so 600, 700. Vielleicht auch 800."

„Cool!", fand Helene.

„Das hätte ich nie im Leben geschafft", sagte Silvania.

Daka winkte ab und nahm sich ein neues Sandwich. Sie hatte schon fünf kleine Papierfächer gesammelt. „Alles nur Training."

Silvania beugte sich etwas zu ihrer Schwester vor und flüsterte: „Ich hatte ganz schön Angst um dich."

„Ein bisschen Angst hatte ich auch. Um dich und um mich", sagte Daka und grinste, bevor sie sich das nächste Sandwich in den Mund schob.

Silvania lächelte ihrer Schwester zu und aß zwei Sandwiches hintereinander.

„HIEGÖÖR!", rief Helene auf einmal. Aus ihrem Mund schaute noch eine Sandwichecke, und sie hielt zehn kleine Papierfächer in die Höhe.

„Wie hast du das denn gemacht?", fragte Silvania und zählte staunend die Papierfächer nach.

„Alles nur Training", erwiderte Helene.

„Helene hat auch übernatürliche Kräfte. Sie kann zwar nicht fliegen oder flopsen, dafür futtern wie ein Vielfraß", sagte Daka.

Helene lachte und ein paar Sandwichkrümel schossen aus ihrem Mund, woraufhin sie noch mehr lachte. „Genau, das ist eigentlich mein richtiges Geheimnis. Ich bin Vielfraß undercover."

Auf einmal machte Silvania ein ernstes Gesicht. „Es gibt wirklich noch ein Geheimnis, dem wir nicht auf die Spur gekommen sind."

„Ludo", sagten alle gleichzeitig.

„Genau. Bevor überhaupt irgendjemand etwas von dem Kunstraub wusste, hat er uns davor gewarnt, ins Kunstpalais zu gehen. Wieso?"

„Vielleicht wusste er ja etwas", überlegte Helene laut.

„Du meinst, er steckt mit den Kunsträubern unter einer Decke?" Daka runzelte die Stirn.

Helene zuckte die Schultern. „Wieso hat er euch sonst gewarnt?"

„Ich glaube immer noch, dass es einfach Zufall war und er sich wichtigmachen wollte", sagte Daka.

„Und dass er genau eine Minute vor deinem Anruf aus Mörelgrim bei uns vor der Tür steht und sagt, Mama soll aufhören zu telefonieren – das ist auch Zufall, oder was?", warf Silvania ein.

Daka kratzte sich am Kopf. „Das ist allerdings merkwürdig."

„Und dass er auf dem Friedhof Zigarren und Teebeutel vergräbt, auch", sagte Helene.

„Ich sag euch was: Ich glaube nicht an Zufälle. Und ich kann mir auch nicht vorstellen, dass Ludo etwas mit den Kunsträubern zu tun hat. Ohne Dakas Anruf hätte die Polizei die Gangster vielleicht nie geschnappt. Und ohne Ludos Tipp wäre Daka bei uns mit dem Anruf nicht durchgekommen. Es wäre doch unlogisch, wenn Ludo dabei hilft, dass die Kunsträuber gefasst werden", sagte Silvania.

„Aber was glaubst du dann?", fragte Helene.

„Ich glaube an Schicksal", sagte Silvania leise.

„Ich glaube lieber an Fakten", verkündete Daka. „Fakt eins ist: Mit diesem Ludo stimmt etwas nicht. Fakt zwei ist: Wir werden herausfinden, was."

Helene klatschte vor Vorfreude in die Hände. „Ja! Die OLS geht weiter. Morgen ist Sonnabend. Da können wir ihn den ganzen Tag beobachten!"

Silvania nickte. Vielleicht kamen sie Ludos Geheimnis so auf die Spur. Wenn es das Schicksal wollte.

Eine schräge Show

„Meine Güte! Jetzt ist er bestimmt schon seit einer halben Stunde in der Umkleidekabine“, flüsterte Daka.

„Was soll er denn machen, wenn seine Mutter ihm immer wieder neue Klamotten bringt?“, erwiderte Helene.

Silvania, Daka und Helene waren Ludo seit dem Morgen auf den Fersen. Zuerst war Ludo mit seinem großen Bruder zum Bäcker gegangen. Dann hatte er Reflektoren an sein Fahrrad gebaut und schließlich war er mit seiner Mutter in die Innenstadt aufgebrochen. Seit Stunden folgten die Mädchen den beiden durch sämtliche Läden. Aus jedem Laden kamen die Schwarzers mit einer neuen Einkaufstüte raus. Ludo sah nicht besonders glücklich aus.

Endlich ging die Umkleidekabinentür auf und Ludo kam mit einer Jeans und einem Shirt über dem Arm heraus. Er ging mit seiner Mutter zur Kasse. Verdeckt durch einen Kleiderständer voller Mäntel folgten ihnen die Mädchen heimlich.

„An seiner Stelle hätte ich ja das rote Shirt genommen und nicht das schwarze“, sagte Helene.

Plötzlich schoss Ludos Kopf herum. Er starrte auf den Kleiderständer mit den Mänteln.

Helene, Silvania und Daka standen stocksteif wie die Schaufensterpuppen. Sie hielten die Luft an. Es kam ihnen vor, als könnte Ludo mit seinem Blick ein Loch durch die Mäntel brennen.

„Ludo? Ludo?“, wandte sich seine Mutter an ihn. „Nimmst du die Tüte?“

Langsam drehte sich Ludo zu seiner Mutter um. Er nahm ohne ein Wort die Plastiktüte mit den Klamotten. Bevor er seiner Mutter aus dem Laden folgte, warf er einen letzten Blick auf den Kleiderständer mit den Mänteln. Dann war er verschwunden.

Die Mädchen atmeten aus.

„Das war knapp“, sagte Silvania.

„Meint ihr, er hat uns gesehen?“, fragte Helene.

Daka schüttelte den Kopf. „Höchstens gehört. Los, kommt, wir dürfen ihn nicht verlieren.“

Die drei Freundinnen eilten aus dem Geschäft. Sie sahen nach links. Nichts. Sie sahen nach rechts. Da waren sie! Beinahe drohten sie im Fußgänger-gewimmel zu verschwinden. Schnell und so unauffällig wie möglich folgten sie ihnen. Frau Schwarzer steuerte eine Drogerie an. Die Mädchen rannten zu einer der Säulen vor dem Geschäft und versteckten sich dahinter.

„Kann ich draußen warten?“, fragte Ludo gerade.

„Klar, wenn du willst. Ich beeile mich. Wir treffen uns dann wieder hier, direkt vor dem Laden, ja?“

Ludo nickte und seine Mutter verschwand in der Drogerie.

Die Mädchen beobachteten Ludo und Ludo beobachtete die Kunden, die in den Laden hinein- und hinausgingen. Dann sah er sich eine Weile die Schaufenster an. Er hatte die Hände in die Jackentaschen gesteckt und ein paar seiner schwarzen Strähnen fielen ihm tief in die Stirn. Auf einmal drehte er sich um und starrte auf die Säule links neben den Mädchen. „Was willst du hier?“, fragte Ludo.

Silvania, Daka und Helene sahen zur Säule neben sich. Das Einzige, was dort stand, war ein Mülleimer.

„Ich weiß, ich habe es schon besorgt“, sagte Ludo.

Die drei Freundinnen sahen mit gerunzelter Stirn zur Säule nebenan.

„Ja, kein Problem. Gern geschehen.“ Ludo lächelte kurz. Dann hob er leicht den Arm und winkte.

Daka, Silvania und Helene starrten sich fast die Augen aus dem Kopf. Doch alles, was sie sahen, waren eine Säule und ein Mülleimer.

„Schon fertig!“, erklang Frau Schwarzers Stimme. Ludos Mutter kam mit einer weiteren kleinen Plastiktüte aus der Drogerie. „So, und jetzt geht's ab nach Hause, Mittagessen.“

Ludo drehte sich um und folgte seiner Mutter ins Fußgängergewimmel.

Daka war als Erste bei der Säule mit dem Mülleimer. Sie lief einmal darum herum. Sie sah nach oben und nach unten. Sie sah sogar in den Mülleimer. Nichts. An der Säule war niemand. „Mit wem hat der geredet?“

„Mit uns jedenfalls nicht“, meinte Silvania.

„Vielleicht ist jemand in der Säule“, sagte Helene, klopfte auf die Steinplatten und legte ein Ohr darauf.

Daka und Silvania beobachteten sie skeptisch.

Helene schüttelte den Kopf. „Es kann natürlich

auch sein, dass er mitbekommen hat, dass wir ihn verfolgen, und das eben war alles nur Show."

„Das war dann aber eine ziemlich schräge Show", fand Daka.

„Genauso schräg wie Ludo selbst. Würde doch passen", sagte Helene.

„So kommen wir nicht weiter", sagte Silvania. „Am besten, wir gehen erst mal nach Hause, treffen uns dann nachmittags wieder und beobachten Ludos Haus."

Daka und Helene waren einverstanden.

Ludos Geheimnis

Drei Stunden später hockten die Freundinnen in einer Hecke hinter einem Stapel Holzscheite. Es war die Hecke hinter dem Haus der Schwarzers. Sie grenzte an einen kleinen Kiesweg, der zum Bahndamm führte. Die Mädchen hatten ein fußballgroßes Loch in der Hecke entdeckt und sich auf die andere Seite durchgezwängt. Direkt hinter dem Holzstapel waren sie herausgekommen. Perfekt, um unerkannt die Vorgänge im Hintergarten und auf der Terrasse der Schwarzers zu beobachten.

Daka und Helene hatten sich zur Tarnung ein paar Zweige ins Haar gesteckt. Silvania fand, sie war mit ihrer dunkelgrünen Mütze genug getarnt.

Die ersten zehn Minuten tat sich gar nichts. Dann kam Ludos Bruder einmal kurz auf die Terrasse und nahm ein Buch vom Tisch, mit dem er sofort wieder im Haus verschwand. Daka und Helene fanden das nicht weiter aufregend. Nur Silvania stellte insgeheim fest, dass Ludos Bruder gar nicht mal schlecht aussah. Er erinnerte sie an den armen, aber mutigen Helden eines Piratenfilms, den sie neulich gesehen hatte. Aber davon sagte sie den anderen beiden lieber nichts. Schließlich waren sie nicht wegen Ludos Bruder hier, sondern in Sachen OLS.

Die Minuten verstrichen, ohne dass etwas geschah. Helene malte mit einem Kugelschreiber auf ihrem Arm, Silvania dachte an den Helden des Piratenfilms und Daka naschte in einem unbeobachteten Moment eine Fliege, die sich unvorsichtigerweise auf ihre Hand gesetzt hatte.

Auf einmal öffnete sich die Terrassentür mit einem Knarren. Helene ließ den Kugelschreiber sinken, Silvania verabschiedete sich von ihrem Piraten und Daka schluckte die Fliege hinunter.

Ein dünner, grauhaariger Mann in einem hellblauen Overall trat mit Turnschuhen auf die Terrasse. Der Overall hatte mehrere Flicken und war an den Hosenbeinen bis zu den Knien umgeschlagen und an den Ärmeln bis zu den Ellbogen. Der Mann hatte eine große, krumme Nase, auf der eine Brille mit einem dicken schwarzen Rahmen saß. Er trug eine Schüssel vor sich her, die er auf dem Rasen abstellte. Dann verschwand er wieder im Haus.

„War das Ludos Papa?“, fragte Helene.

„Eher sein Opa, oder?“, erwiderte Daka, und Silvania nickte.

Ein paar Sekunden später kehrte der Mann mit zwei Zitronen, einer schwarzen, glasartigen Scheibe und einem grauen, rechteckigen Kasten zurück.

„Was ist das?“, flüsterte Silvania.

„Ich glaube, eine Autobatterie. Opa Gustav hat eine ganze Sammlung davon in seiner Garage“, antwortete Daka.

„Und die Scheibe?“

„Sieht aus wie ein Spielbrett oder ein schwarzer Spiegel“, meinte Helene.

Ludos Opa stellte die Autobatterie, das Spielbrett

und die Zitronen auf einem kleinen Tisch ab. Dann setzte er sich mit einem Stuhl neben den Tisch. Er zog seine Turnschuhe und Strümpfe aus und ächzte dabei. Der Stuhl quietschte, als er damit ein Stück nach vorn rückte und seine Füße in die Schüssel stellte. Es plätscherte.

„Er macht ein Fußbad", flüsterte Daka.

Der Mann kramte in der Hosentasche seines Overalls. Schließlich zog er ein Plastikknäuel heraus. Es war hellrosa und sah aus wie ein zusammengefallener Luftballon, an dem mehrere Drähte hingen. Ludos Opa zog das Plastikknäuel auseinander und setzte es auf. Es war eine Badekappe. Die Drähte standen nach allen Seiten in langen Bogen ab. Manche reichten dem Mann bis auf die Schultern.

Mit ein paar flinken Handgriffen führte er alle Drähte zusammen, nahm eine der Zitronen und steckte die Enden der Drähte in die Frucht. Dann nahm er die andere Zitrone und steckte die Enden der Drähte hinein, die an der Autobatterie und an der schwarzen Scheibe hingen.

Danach stockte er einen Moment. In jeder Hand hielt er jeweils eine Zitrone mit Drähten. Er sah aus wie ein König mit zwei Reichsäpfeln. Ludos Opa atmete tief durch und nickte. Dann stieß er mit dem Ellbogen einen Schalter an der Autobatterie um.

Daka, Silvania und Helene blieb der Mund offen stehen, als sie sahen, was als Nächstes geschah: Der Badekappenopa zuckte am ganzen Körper, stieß hohe Schreie aus und verdrehte die Augen. Wasser spritzte aus der Schüssel. Der Stuhl wackelte. Es sah aus, als kringelten sich die wenigen Haare, die am Rand der Badekappe herausschauten. Der Mann streckte die Zunge heraus. Seine Schreie wurden immer höher. Sie ähnelten den markerschütternden Schreien, die die Mädchen damals aus dem Keller der Schwarzers gehört hatten.

Unwillkürlich rückten die Mädchen enger aneinander. Sie fassten sich an den Händen und starrten mit Entsetzen auf die Szene auf der Terrasse. Sollten sie dem Mann helfen? Hilfe holen? Oder lieber schnell wegrennen?

Plötzlich wackelte der rechte Arm des Mannes so sehr, dass ihm die Zitrone wie ein Stück Seife aus der Hand rutschte. Sie fiel zu Boden, die Drähte lösten sich und die Zitrone rollte über den Rasen. Direkt auf den Holzstapel zu.

Augenblicklich hörte der Badekappenopa auf zu zucken und zu schreien. Einen Moment hing er wie eine Marionette, deren Fäden durchtrennt worden waren, auf dem Stuhl. Der Kopf war zur Seite gekippt und die Arme baumelten seitlich an den Lehnen hinab, fast bis zum Boden. Die Brille saß etwas schief auf der großen Nase. Dann schoss der Kopf in die Höhe. „Sapperlot!“, rief der Mann. Er suchte den Rasen mit Blicken nach der flüchtigen Zitrone ab. „Ah! Da bist du.“ Der Mann richtete sich im Stuhl auf. „He, ihr da! Ihr guckt wie drei Affen, die gerade ein fliegendes Schwein gesehen haben. Helft mir lieber und hebt die Zitrone auf!“

Daka, Silvania und Helene warfen sich fragende Blicke zu. Redete der Badekappenopa mit ihnen?

Das konnte nicht sein. Er konnte sie unmöglich von seinem Stuhl auf der Terrasse aus sehen.

„Ja, genau. Ihr drei hinter dem Holzscheitstapel."

Die Mädchen sahen sich mit großen Augen an. Er redete tatsächlich mit ihnen! Aber wie konnte er sie sehen?

„Nun kommt schon, tut mir den Gefallen und hebt die Zitrone für mich auf. Mir ist egal, wer von euch. Die mit dem grünen Hut oder eine von den beiden mit den Zweigen im Haar. Sehr schick übrigens."

Daka zuckte die Schultern. Es hatte keinen Zweck, sich weiter zu verstecken. Der Badekappenopa hatte sie sowieso entdeckt. Auf welche Weise auch immer. Sie erhob sich als Erste. Silvania und Helene folgten zögernd. Die drei Mädchen standen zwischen Hecke und Holzscheiten. Nur ihre Köpfe schauten hinter dem Holzstapel hervor. „Hallo", sagten sie fast gleichzeitig mit dünnen Stimmen.

Der Badekappenopa lächelte ihnen zu. „Ihr könnt ruhig vorkommen."

Einen Moment blieben die Mädchen unentschlossen hinter dem Holzstapel stehen. Noch konnten sie durch das fußballgroße Loch in der Hecke fliehen.

„Bitte, seid so nett und bringt mir die Zitrone", wiederholte der Opa. Hinter den großen Brillengläsern sahen seine Augen aus wie schwarze runde Knöpfe.

Zu ihrer eigenen Überraschung war es Silvania, die sich ein Herz fasste und vor den Holzstapel trat. Sie hob die Zitrone auf, machte zwei große Schritte

Richtung Terrasse und legte die Zitrone mit ausgestrecktem Arm auf den kleinen Beistelltisch neben die Autobatterie. Dann ging sie wieder einen halben Schritt zurück und stieß beinahe mit Daka und Helene zusammen, die ihr gefolgt waren.

„Danke schön, sehr liebenswürdig." Der Badekappenopa lächelte abermals. Die Mädchen konnten kaum glauben, dass sie ihn eben noch wild zucken gesehen hatten. Jetzt sah er aus, als wären seine Hobbys Briefmarken sammeln und Enkelkindern Märchenbücher vorlesen. „Wenn ihr schon hinter meinem Holzstapel sitzt – darf ich fragen, wer ihr seid und was ihr hier macht?"

„Dakaria und Silvania Tepes", sagte Daka und zeigte auf sich und ihre Schwester.

„Und Helene Steinbrück", sagte Helene, die sich dabei nervös in den Arm kniff.

„Wir ... ähm ... sind wegen Ludo hier", fuhr Daka fort. Das war noch nicht mal gelogen.

„Ihr seid Freundinnen von Ludo?", fragte der Opa.

„So ungefähr. Er weiß aber noch nichts davon", erwiderte Helene.

Der Badekappenopa lächelte verschmitzt. „Verstehe. Jungs sind nicht einfach in dem Alter, was?"

Daka, Silvania und Helene nickten, obwohl sie nicht genau wussten, was Ludos Opa damit meinte.

Silvania hatte auf einmal eine Idee. „Vor allem wollten wir uns bei Ludo bedanken", sagte sie. „Er hat uns vor dem Kunstraub im Kunstpalais gewarnt."

„Ah, der Kunstraub. Natürlich! Darüber habe ich gelesen. Ich wusste doch, dass ich euch beide schon mal gesehen habe. Ihr seid die Heldinnen."

Silvania bekam kleine rote Ringe um die Augen und Daka streckte die Brust heraus.

„Aber ohne Ludo hätten wir das nicht geschafft", fuhr Silvania fort. „Seine Hilfe war wirklich … wie ein Wunder."

„Ich sage dem Jungen immer wieder, er soll seine Fähigkeiten öfter einsetzen. Das ist ja kein Fluch, sondern eine Gabe!" Ludos Opa nickte, dass die Drähte auf seiner Badekappe wippten.

„Jawohl!", sagte Daka. „Ähm … was genau sind denn seine Fähigkeiten?"

„Hat er euch das nicht erzählt?"

„Nicht so richtig. Er hat es mehr so … so angedeutet", sagte Helene. „Wir haben es nicht ganz verstanden. Vielleicht könnten Sie uns das noch mal erklären?" Helene lächelte wie ein Engel.

Ludos Opa steckte einen Finger unter die Badekappe und kratzte sich. „Na ja, es ist auch nicht ganz so einfach. Und es lässt sich auch nicht erklären wie eine Matheaufgabe. Aber …" Er sah ein Mädchen nach dem anderen an. „… ich kann es versuchen. Am besten, ich beginne ganz am Anfang. Habt ihr etwas Zeit?"

Die drei Freundinnen nickten.

„Also. Die Schwarzers sind eine uralte Familie aus dem Gebiet um das Rabental. Unsere Wurzeln lassen sich weit zurückverfolgen. Die meisten von uns waren einfache Leute: Bauern, Handwerker, Dienstmädchen oder Knechte. Es gab zwei Ereignisse, bei denen die Familie beinahe ausgerottet worden wäre. Das erste war die Zeit des Schwarzen Todes, der Pest. Ganze Dörfer und Landstriche wurden damals von der Krankheit dahingerafft. Aber wie durch ein Wunder überlebte ein harter Kern der Schwarzers. Das zweite Ereignis jedoch war viel rätselhafter und grausamer." Ludos Opa starrte einen Moment vor sich hin, dann fuhr er fort: „Es muss ungefähr Ende des 16. Jahrhunderts gewesen sein. Die Schwarzers versammelten sich zu der Zeit in der Kirche zu einer Tauffeier. Die Familie war damals viel größer als Familien heutzutage. Es waren bestimmt an die vierzig Mann in der Kirche. Noch bevor die Taufzeremonie begonnen hatte, geschah etwas Furchtbares. Aus unerklärlichen Gründen brach ein Feuer in der Kirche aus. Binnen Sekunden fraß es sich gierig von einer Kirchenbank zur nächsten. Die Menschen versuchten zu fliehen, doch die Kirchtore waren verschlossen."

Silvania lauschte mit weit aufgerissenen Augen.

Helene biss sich abwechselnd auf die Unterlippe und kniff sich in den Arm.

„Wieso waren die Tore verschlossen?", fragte Daka.

„Tja. Das ist eins der Rätsel. Niemand hatte sie verschlossen. Weder von innen noch von außen. Und doch waren sie zu."

„Was geschah dann?", fragte Silvania.

„Dann kam im letzten Moment Hilfe, oder?", sagte Helene.

Ludos Opa schüttelte langsam den Kopf. „Es kam keine Hilfe. Nur ein kleiner Familienzweig, der am anderen Ende des Rabentals wohnte und zu spät zur Tauffeier kam, überlebte. Ihr Pferd war auf dem Weg zusammengebrochen. Das hielten sie zunächst für ein Unglück. Als sie sahen, was in der Kirche passiert war, wurde ihnen klar, dass sie großes Glück gehabt hatten. Glücklich wurden sie jedoch ihr Leben lang nicht mehr. Sie hatten all ihre Verwandten verloren."

Helene war jetzt genauso blass wie ihre beiden Halbvampir-Freundinnen. Silvania hatte eine Gänsehaut. Die Zweige in Dakas Haaren zitterten leicht, obwohl sie ganz still stand.

„Na ja", sagte Ludos Opa und schob seine Brille auf der Nase zurecht. „Das ist alles lange her. Ich habe euch doch hoffentlich nicht zu sehr verschreckt?"

Silvania starrte Ludos Opa entgeistert an, während ihre Schwester langsam den Kopf schüttelte. „Nein, nein, geht schon", sagte sie und versuchte zu lächeln.

„Und was hat das alles mit Ludos Fähigkeiten zu tun?", fragte Helene.

„Ach so, genau, darum ging es ja. Also, wie gesagt, nach dem Kirchenbrand war die Familie der Schwarzers so gut wie ausgelöscht. Unter den wenigen verbliebenen Schwarzers entstand die Familiensage, dass die Toten in der Kirche keine Ruhe finden können – vor allem die ungetauften Kinder – und die wenigen lebenden Schwarzers heimsuchen. Manchmal, wenn eine besondere Verbindung besteht, übertragen sie bestimmte Eigenschaften der Untoten."

Helene blieb der Mund offen stehen, Daka und Silvania runzelten die Stirn.

„Was denn für Eigenschaften?", fragte Daka.

„Das sind die besonderen Fähigkeiten oder Gaben, von denen ich sprach. Ludo zum Beispiel –"

„Was ist mit mir?"

Der Badekappenopa fuhr herum. Auf der Terrasse stand sein Enkelsohn.

Die Gabe der Untoten

Ludo musterte seinen Opa wortlos mit seinen ockerfarbenen Augen.

„Oh, hallo, ich habe dich gar nicht kommen hören. Ich habe mich nett mit deinen Freundinnen unterhalten“, sagte sein Opa.

„Meine Freundinnen?“ Ludo funkelte die drei Mädchen argwöhnisch an.

Silvania sah zu Boden, Daka zupfte sich einen Zweig aus den Haaren und betrachtete ihn genau, und Helene lächelte schief.

Ludos Opa beobachtete seinen Enkel und die Mädchen aufmerksam. Dann stand er auf. „Ich geh mal lieber wieder rein. Mir ist gerade etwas Wichtiges eingefallen, was ich erledigen muss. Auf Wiedersehen, war nett, euch kennengelernt zu haben.“ Er winkte den Mädchen zu und lief mit nackten Füßen zurück ins Haus.

„Auf Wiedersehen“, murmelten die drei Freundinnen und nickten.

Als Ludos Opa verschwunden war, wurde es still auf der Terrasse. Keiner rührte sich. Keiner sagte ein Wort. Ludo ließ die Mädchen nicht aus den Augen.

Schließlich räusperte sich Silvania. „Stimmt das, was dein Opa eben erzählt hat?“

„Das mit dem Kirchenbrand?“

Die Mädchen nickten.

„Ja."

„Und das mit den Fähigkeiten?", fragte Helene.

Ludo zuckte die Schultern. Er zögerte einen Moment. Dann atmete er lautstark aus. „Ich weiß, dass ihr es sowieso erfahrt, also kann ich es euch auch erzählen. Mein Opa meint, dass manche in unserer Familie besondere Fähigkeiten haben. Mein Papa meint, manche würden nur zu viel fernsehen oder zu viel Fantasie haben. Ich habe keine Ahnung, ob ich nur zu viel Fantasie oder eine Fähigkeit habe." Ludo seufzte. „Das ist manchmal ganz schön verwirrend."

„Und was ist deine Fähigkeit … oder Fantasie?", fragte Silvania.

„Ich habe manchmal komische Vorahnungen."

„Du meinst, du siehst Sachen voraus?" Helene sah Ludo mit großen Augen an.

„Na ja, nicht ganz. Es ist nur so ein Gefühl. Meistens ist es ziemlich verschwommen, wie ein Traum. Manchmal spüre ich nur, es wird etwas Schlechtes passieren. Aber manchmal spüre ich auch, wo und wem."

„Wie der Kunstraub", warf Daka ein.

Ludo nickte.

„Aber du spürst auch etwas Gutes. Wie Dakas Anruf", sagte Silvania.

Ludo nickte abermals.

„Und was Blödes wie drei Schultests an einem Tag", erinnerte sich Helene.

„Genau. Aber mein Papa meint, das wäre alles nur

Einbildung und Zufall. Er ist Physiker und glaubt nur an die Naturwissenschaften."

„Ich glaube nicht an Zufall", sagte Silvania bestimmt.

„Mein Opa auch nicht", sagte Ludo.

„Hat er auch ... irgendwelche Fähigkeiten?", fragte Helene.

„Er sagt, er kann manchmal durch Dinge hindurchsehen und hätte einen Geruchssinn wie ein Spürhund. Aber die Fähigkeiten lassen im Alter nach. Deshalb macht er ständig Experimente, um die Fähigkeiten zu verstärken."

„Und deine Eltern? Haben die auch Fähigkeiten?", fragte Daka.

„Mein Papa weiß manchmal alles besser und meine Mama macht einen super Schokoladenkuchen."

Silvania und Daka nickten nachdenklich.

Helene sah Ludo bewundernd an. „Das ist doch eigentlich total cool – du siehst in die Zukunft!"

Ludo kratzte sich hinter dem Ohr. „Na ja, so genau weiß ich das nicht. Es ist auch ganz schön unheimlich. Und manchmal", fügte Ludo leise hinzu, „da denke ich, es ist alles nur in meinem Kopf. Versteht ihr?"

Silvania und Helene musterten Ludos Kopf.

„Aber der Kunstraub war auf jeden Fall nicht nur in deinem Kopf", warf Daka ein.

„Eins verstehe ich trotzdem nicht: Wieso redest du mit Säulen und Grabsteinen?", fragte Silvania.

„Ja, und warum vergräbst du Zigarren und Teebeutel auf dem Friedhof?", fragte Helene.

„Ach so, das. Das ist ganz einfach: Ich sehe manchmal Tote. Die kommen zu mir, wenn sie etwas brauchen."

Die drei Freundinnen starrten Ludo an. Daka war der Mund aufgeklappt, Helene zwickte sich wieder in den Arm und Silvanias rote Ringe unter den Augen kehrten zurück. Insgeheim fragten sie sich, ob Ludos Papa mit der Fantasie nicht doch recht hatte.

„Ähm ... also, das klingt vielleicht etwas unheimlich, ist es aber nicht, echt. Die Toten sehen ganz normal aus, nicht irgendwie verrottet oder verschimmelt. Nur leicht durchsichtig. Und sie sind meistens nett. Schließlich wollen sie ja was von mir", erklärte Ludo.

„Lass mich raten", sagte Daka. „Max von Thalbach hat sich eine Zigarre gewünscht und Isolde von Thalbach einen Pfefferminzteebeutel."

„Genau."

„Was wünschen sich die Toten denn sonst so?", fragte Helene leise.

„Ach, alles Mögliche. Lockenwickler, Knäckebrot, einen Taschenrechner, Zeitschriften, Seife. Sie zahlen auch. Meistens mit altem Schmuck."

Die Mädchen warfen sich vielsagende Blicke zu. Dass Ludo Ereignisse vorausahnen konnte – das kam ihnen nach der Geschichte mit dem Kunstraub glaubwürdig vor. Obwohl es immer noch schräg genug war. Aber dass er Tote mit Lockenwicklern und Knäckebrot versorgte, das war eindeutig zu schräg. Wahrscheinlich hatten Ludos Opa und Ludos Papa beide recht: Die Vorahnung war eine Fähigkeit und die Toten waren Fantasie.

„Ihr müsst mir nicht glauben“, sagte Ludo und grinste.

Die Zwillinge sahen ihn zum ersten Mal mit den Mundwinkeln nach oben. Bisher hatte Ludo sie immer nur wortlos angestarrt, ohne eine Miene zu verziehen. Das Grinsen stand ihm viel besser.

„Warum erzählst du uns das eigentlich alles?“, fragte Daka. „Du hättest uns doch einfach wieder wegschicken können, wie neulich beim Krankenbesuch.“

„Stimmt. Aber das hätte nichts gebracht. Ich hatte nämlich schon eine Vorahnung.“

„Und was hast du da gesehen?“, fragte Silvania.

Ludo fuhr sich durch die halblangen Haare. Seine Wangen bekamen Farbe. „Na ja, es ist ziemlich komisch, aber ...“ Er blickte die Mädchen nacheinander an. „Ich habe gesehen, dass wir Freunde werden.“

„Wir vier?“, fragte Helene.

Ludo nickte.

„Was haben wir denn zusammen gemacht?“, wollte Silvania wissen.

Ludo zögerte. Dann sagte er: „Wir sind zusammen geflogen.“

Die Zwillinge starrten Ludo fassungslos an.

Helene war die Erste, die wieder Worte fand. „Na dann: hoi boi!“, sagte sie und gab dem verdutzten Ludo eine Kopfnuss.

Franziska Gehm wurde 1974 in Sondershausen geboren. In Jena, Limerick und Sunderland studierte sie Anglistik, Psychologie und Interkulturelle Wirtschaftskommunikation. Nach dem Studium unterrichtete sie an einem Gymnasium in Dänemark, arbeitete bei einem Wiener Radiosender und als Kinderbuchlektorin. Sie lebt als Autorin und Übersetzerin in München.